HET GEHEIM VAN DE KLOKKENMAKER

DE SLIM HARDYDETECTIVEREEKS NR. 2

JACK BENTON

vertaald door
LEEN VERMEERSCH

OOK DOOR JACK BENTON

(en beschikbaar in de nederlandse taal)

De man bij de zee

Het geheim van de klokkenmaker

HET GEHEIM VAN DE KLOKKENMAKER

1

De tocht verliep niet volgens plan.

De grimmige, granieten heuvels van Rough Tor hielpen niet veel om je te oriënteren. Ze schoven langs de horizon en maakten het moeilijk voor Slim Hardy om parallel te blijven aan het pad waarlangs hij vanaf het parkeerterrein de heuvel opgelopen was.

Rechts van hem blokkeerde een kleine kudde moorlandpony's de route naar de heuvelrug en de hoogste rotsen. Ze hielden Slim met een uitdagende blik in de gaten terwijl hij hen probeerde te vermijden; hij vorderde langzaam over het drassige, hobbelige terrein, voorzichtig voor het granieten puin dat door de toefjes heidegras stak.

Slim zuchtte. Hij was ver van zijn koers afgeweken nu. De heuvelkam van Rough Tor rees in de verte voor hem op en recht voor hem verscheen de afgeplatte top van Brown Willy met zijn vele rotsen voorbij een brede, glooiende vallei. Uit gewoonte wilde hij zijn heupfles bovenhalen die er niet meer was; hij schudde met zijn hand alsof hij zichzelf wilde straffen voor zijn vergetelheid, waarna hij op een rots ging zitten om even uit te blazen.

Op de heuvel sprongen de twee trekkers die hij al vanop het parkeerterrein volgde, naar beneden van de rotsen en liepen verder richting Brown Willy. Toen ze uit zijn zicht verdwenen, voelde Slim plots een hevig gevoel van eenzaamheid. Helemaal onderaan de helling op het parkeerterrein stonden drie auto's samen met de rode vlek die zijn fiets was, maar van de andere wandelaars was er geen spoor. Buiten de pony's was hij alleen.

Nadat hij in een overgebleven boterham gebeten en een slok van zijn waterfles genomen had, keek Slim besluiteloos omhoog naar de top. Hij had nog een lange fietsrit langs kronkelende landweggetjes vol putten voor de boeg en de batterij van zijn licht was plat. Net toen hij zich omdraaide, piepte de zon echter even van achter de wolken en ver in het zuiden glinsterde het Kanaal tussen de heuvels. Slim zocht de Atlantische Oceaan in het noordwesten, maar een wolkenband hing laag over de velden waardoor slechts een minuscuul driehoekje grijs, dat water kon zijn, zichtbaar was.

Met een volhardend gekreun hees hij zijn rugzak op zijn schouders en hervatte zijn tocht, maar na amper een paar stappen rolde een losse steen onder zijn laars waardoor hij plots kniediep in een kuil met vies water stond. Slim trok zijn voet grimassend uit de viezigheid en strompelde verder naar een drogere plek.

Terwijl hij zijn linkerlaars uittrok en leegde, herinnerde hij zich met een gepijnigde grijns dat er een paar reservekousen op het bed in zijn kamer lag dat hij uit zijn rugzak gehaald had om plaats te maken voor een oude paperback, geleend uit de B&B.

De zon kwam weer even van achter de wolken en de granieten heuvels fonkelden in het plotse, helle licht. De kudde pony's had zich tot voorbij de heuvel verplaatst zodat Slim nu recht naar de heuvelrug kon stappen.

'Kom op,' mompelde hij bij zichzelf. 'Je gaat toch niet opgeven, hé?'

Zijn laars maakte een zuigend geluid toen hij haar weer aantrok en met z'n gebruikelijke grimas op het gezicht bereikte hij een kwartier later eindelijk de heuvelrug en klauterde op de granieten rotsen naar het hoogste punt. Er was mist opgekomen die alles behalve de hellingen van de heuvel vervaagde. De oude kaoliengroeve in het zuidwesten leek een spook in de mist, maar verderop hing een ondoordringbaar, grijs deken over de wereld.

Aangezien het water als schuurpapier tussen zijn tenen voelde, pauzeerde Slim enkel lang genoeg om snel een slokje te drinken voor hij zijn tocht naar beneden aanvatte. De warme, vroegelentedag veranderde nu snel in een latewinteravond en er bleef maar een uur licht over voor het volledig donker zou zijn. Ook al had de mist het kleine, onverharde parkeerterrein nog niet opgeslokt in zijn vormeloze grijstinten - het rode vlekje bij de onderste muur was zijn fiets - toch leek het veel verder dan de top had geleken toen hij pas aankwam.

Hij staarde in de verte en telde de schapen die verder op de helling in een natuurlijke diepte samengekropen zaten om niet te moeten denken aan de gure windstoten, toen iets onder zijn voeten bewoog.

Hij viel met een smak neer en gebruikte zijn handen om de val te breken. Hij was op dezelfde voet gevallen, maar deze keer had hij zijn enkel verzwikt en er klom een scherpe pijnscheut langs zijn been omhoog. Hij rolde zich op zijn rug, schoof voorzichtig zijn laars van zijn voet en wreef een paar minuten over zijn enkel. Toen hij zijn doorweekte sok uittrok, zag hij een beginnende bloeduitstorting en de koude februarilucht deed hem rillen van de kou. De grond was hier gelukkig droog; hij ging rechtop zitten en staarde langs de helling omhoog terwijl hij zich tegelijk kwaad en stom voelde. *Een ezel stoot zich geen tweemaal aan dezelfde steen*, was een uitspraak die zijn ex-vrouw graag gebruikte.

Hij keek rond en vroeg zich af welke steen hem had doen struikelen. Toen fronste hij zijn wenkbrauwen. Er stak iets uit tussen twee plukken gras; het wapperde in de wind:

de hoek van een versleten, gerafelde plastic zak van een kleur die al lang tot grijs vervaagd was. Slim aarzelde even voor hij het probeerde op te rapen. Hij herinnerde zich zijn tijd in Irak met het leger, toen zoiets kon wijzen op een landmijn, een teken bedoeld voor lokale milities die nog in het gebied actief waren. Elk beetje afval kon je dood betekenen en in de buitenwijken van sommige vuile, stoffige stadjes had Slim nauwelijks zijn voeten durven verplaatsen.

Tot zijn verrassing kwam het niet los toen hij eraan rukte. Hij duwde zijn handen in het gras en plaatste behoedzaam zijn vingers rond de harde, hoekige vorm van wat in de zak zat. Het was onder het gras uitgespreid, een paar handen breed, en zijn hart begon tekeer te gaan. Verloren militaire munitie? In Dartmoor, in het noordoosten, werden militaire oefeningen gedaan, maar Bodmin Moor was verondersteld veilig te zijn.

Hij drukte met een vinger op het harde oppervlak en het gaf een klein beetje mee. Hout, geen plastic of metaal. Geen enkele bom die hij ooit gekend had, was van hout gemaakt geweest.

Hij trok gras uit dat gemakkelijk meegaf en wrikte dan het ingepakte voorwerp uit de grond. De vierkante hoeken en uitgehouwen groeven maakten hem nieuwsgierig. Hij maakte de knoop in de zak los en haalde het object eruit.

'Huh?'

In de zak zat een prachtige, rijkversierde koekoeksklok. De mooie, centrale wijzerplaat was omgeven door fijn houtsnijwerk. Tot zijn verrassing werkte de klok nog. Plots verscheen een kleine koekoek uit het deurtje boven de 12 en zijn geroep klonk als een vermoeide zucht in de verbouwereerde oren van Slim.

2

'BLIJFT U NOG EEN WEEK, meneer Hardy?'

Mevrouw Greyson, de oudere eigenares met de strenge blik van Lakeview Bed & Breakfast, een zaak die maar aan twee van zijn drie eigenschappen voldeed, zat in de sombere hal te wachten toen Slim binnenkwam via de voordeur. Koud en stram van de lange rit en nog steeds overstuur door een zwalpende Escort met een kapotte knalpot die net geen gehakt van hem had gemaakt, had hij gehoopt de confrontatie te kunnen vermijden tot hij minstens een douche had kunnen nemen.

'Ik heb mijn gedacht nog niet opgemaakt', zei hij. 'Mag ik het u morgen laten weten?'

'Het is maar dat ik moet weten of uw kamer vrijkomt.'

Slim had geen enkele andere klant gezien in de B&B die vier kamers telde. Hij forceerde een glimlach voor mevrouw Greyson, maar toen hij haar voorbij wilde lopen naar de trap, hield hij in.

'Kent u toevallig iemand in de buurt die taxaties doet?'

'Taxaties? Waarvan?'

Slim hief zijn arm op en zwaaide met zijn merkloos horloge dat hij een jaar eerder in de solden bij Boots gekocht had. 'Ik overweeg om dit te verpanden', zei hij. 'Ik vind dat het tijd wordt voor een betere versie.'

Mevrouw Greyson trok haar neus op. 'Ik kan u wel vertellen hoeveel dat waard is. Niets.'

Slim glimlachte. 'Ik meen het. Het is nog van mijn vader. Het is een familie-erfstuk.'

Mevrouw Greyson trok haar schouders op alsof ze het doorhad dat hij haar iets op de mouw speldde. 'Ook al zal het beslist tijdverlies zijn, maar als u het meent, kan u naar Tavistock gaan. Er is daar elke zaterdag markt. Ze verkopen er alle soorten rommel en u zal er ongetwijfeld wel iemand vinden die dit van u wil overnemen voor een klein prijsje.'

'Tavistock? Waar is dat?'

'Aan de andere kant van Launceston. In Devon.' Dat laatste zei ze met opgetrokken neus, alsof leven buiten de grens van Cornwall de afschuwelijkste misdaad ooit was.

'Gaat er een bus heen?'

Mevrouw Greyson zuchtte. 'Waarom huurt u niet gewoon een auto? Wie komt nu naar Cornwall zonder auto?'

Iemand die geen rijbewijs meer heeft, wilde Slim antwoorden, maar hij hield zijn mond. Haar vooroordelen waren al sterk genoeg zonder dat ze afwist van zijn ingetrokken rijbewijs voor dronken rijden.

'Ik heb toch al verteld dat ik probeer rekening te houden met het milieu. Ik probeer in contact te komen met mijn aardse kant.'

'Wat fijn voor u.' Nog een zucht. 'Wel, er hangt een dienstregeling aan de deur van uw kamer, zoals ik al gezegd heb.'

Slim herinnerde zich niet of ze hem dat al gezegd had of niet. Toegegeven, er hing iets, maar het was zo vervaagd dat het nog nauwelijks te lezen was en hoogstwaarschijnlijk was het al lang verouderd bovendien.

'Dank u,' zei hij en schonk haar een glimlach.

'Echt, u weet niet hoeveel geluk u wel hebt nu dat First Bus ook North Cornwall bedient. Vroeger was er maar één bus per week naar Camelford. Hij vertrok op dinsdag om twee uur 's middags en je moest een hele week wachten voor je weer naar huis kon. Stel je voor dat je een week vastzit in Camelford! Voor de meeste mensen is een uur al genoeg.'

'Is het zo erg?'

Mevrouw Greyson miste Slims licht sarcasme. 'Ze zochten al jaren naar een oplossing hiervoor. De bussen rijden nu tenminste tweemaal per dag. Dankzij Blair; hij heeft daarvoor gezorgd. Sinds de Tories terug zijn, zijn de dingen bergafwaarts gegaan. Ze hadden het gemunt op het zwembad van Bude, daarna op de openbare toiletten in...'

'Dank u, mevrouw Greyson,' zei Slim.

Mevrouw Greyson draaide zich weer in de richting

van de keuken; haar mond bewoog nog alsof er woorden bleven uitvallen als druppels uit een lekkende kraan en haar handen frutselden met een paar facturen en envelopes met bankafschriften. Slim was net beginnen hopen dat het gesprek achter de rug was toen ze halt hield en zich weer omdraaide. 'Gaat u vanavond weer uit eten?'

In Penleven was er een enkele winkel die om zes uur sloot en een enkel eethuis waar de keuken om half negen sloot. Hij had nog een half uur om zijn eenzame tafeltje daar te halen, anders zou het Cup Noodle en een boterham met tonijn worden voor de derde avond op rij. Ook al had Slim zijn redenen om zo lang in Cornwall te verblijven, aan zijn lijn werken was er niet bij.

Hij knikte. 'Ik denk het wel', zei hij.

Wel, vergeet uw sleutel niet', zei ze; dat had ze elke avond gezegd gedurende de drie weken dat hij er verbleef. 'Ik sta niet op om u binnen te laten.'

3

IN ZIJN NETTE, verrassend ruime kamer voor een huis dat er van buiten eerder klein uitzag, diepte Slim de klok op uit zijn rugzak en haalde de plastic zak ervan.

Hij wist niets af van klokken. In zijn laatste appartement had hij één goedkope, plastic klok gehad die de vorige bewoner achtergelaten had en om te weten hoe laat het was, gebruikte hij altijd zijn oude Nokia of een reeks van afgeprijsde horloges uit de opruiming tot ze zo vol krassen zaten dat je ze niet meer kon lezen.

De klok was een houten vierhoek in de vorm van een chalet met een overhangend zadeldak en een gat onderaan voor een pendule die er niet meer was. De wijzerplaat, met haar metalen Romeinse cijfers die wat besmeurd waren, was omgeven met krullen en houtsnijwerk: afbeeldingen van dieren en bomen en symbolen die misschien de zon en de maan of de seizoenen voorstelden. Onder de wijzerplaat zat een smalle boord in een halve cirkel die leek op een maan die omhoog gedraaid was, of misschien een onafgewerkt hoefijzer. Op het oppervlak waren een paar onleesbare krassen gemaakt. De hele klok was gevernist met een dikke laag grondlak die weggeschuurd moest worden nadat ze helemaal afgewerkt was.

Slim schudde verbijsterd zijn hoofd. Hij had nog nooit eerder een met de hand gemaakte klok gezien. Als iemand de tijd genomen had om zoiets ingewikkelds te creëren, waarom lag het dan in een plastic zak begraven op de heide?

Wat interessant was, was dat de klok nog tikte, zelfs zonder pendule, ook al zaten de wijzers een paar uur van het correcte uur - ze stonden nu op bijna elf uur - en was de onderkant ernstig beschadigd door water waar de zak opengescheurd geweest was. Slim probeerde de rug ervan af te halen om de binnenkant te bekijken, maar hij was stevig vastgeschroefd. Zelf had hij geen gereedschap en hij wilde mevrouw Greyson niet opnieuw lastigvallen vóór de ochtend. Het hout rook naar verbrande aarde, als turf, en tegelijk naar oude mufheid. Slim zou onmiddellijk geloofd hebben dat de klok ouder was dan hij met zijn zesenveertig jaar.

Slim haalde een vochtige doek bij de lavabo in de hoek en wreef de klok schoon. Het vernis begon al snel te blinken toen de aarde en het stof eraf waren. De details van het houtsnijwerk werden duidelijker: muizen, vossen, dassen en ander inheems Brits wild verborg zich tussen de uitgevijlde bochten en bogen van bomen. De luide klik van het klokmechanisme duidde op een mechanische expertise vergelijkbaar met artistieke kwaliteiten; wie deze klok gemaakt had, had dat met veel trots en uitzonderlijke vaardigheid gedaan.

Slim zette de klok op de commode naast zijn bed en ging dan zijn jas halen. Het was tijd voor zijn avondlijke tocht naar het plaatselijke café, hopelijk op tijd voor de laatste bestellingen. Hij had geen zin in een kip-met-champignons Pot Noodle voor de derde avond op rij. Niet dat hij Pot Noodles verafschuwde, maar het winkeltje in het dorp had maar één smaak in de aanbieding. De ene avond waarop hij eens chic gedaan had, had hij een blik bonen en worstjes gekocht dat drie maanden over datum was gebleken.

Hij trotseerde de lichte miezer, die een vaste waarde van Bodmin Moor en omgeving was eens het donker was, en bleef maar denken aan de klok.

Als hij een zak goud gevonden had, zou het niet mysterieuzer geweest zijn.

4

'WIE BENT U EIGENLIJK ECHT, meneer Hardy?' zei mevrouw Greyson terwijl ze zijn ontbijtbord bleef vasthouden alsof het van zijn antwoord afhing of ze het nog neer zou zetten. 'Ik bedoel maar, u verblijft hier wekenlang in mijn huis dat zo afgelegen is en het enige wat u de hele dag doet, is op de heide wandelen of door het dorp struinen. 'Bent u hier om een speciale reden?'

Slim haalde zijn schouders op. 'Ik ben een herstellend alcoholist.'

'En toch eet u elke avond in de Crown?'

'Dat is boetedoening,' zei Slim. 'Ik troost mijn persoonlijke demonen. Bovendien zit ik altijd in het restaurantgedeelte, waar ik de drank niet zie.'

'Maar waarom hier? Waarom in Penleven? Als ik niet had opgemerkt dat u niet in staat bent om elementaire dingen te onthouden, zoals uw sleutel meenemen als u weggaat, had ik misschien gedacht dat u een ondergedoken spion was.'

Slim haalde zijn schouders op. 'Ik kon het me niet veroorloven om naar het buitenland te gaan. En Cornwall heeft me altijd aangetrokken, vooral de koude, donkere, saaie delen die de meeste mensen vermijden.'

'Wel, dat vind je nergens meer dan in Penleven', zei mevrouw Greyson en ze klonk een beetje ontgoocheld, alsof ze ooit een kans had gehad om er weg te gaan, maar die had laten schieten. 'Er wonen maar een paar honderd mensen in het dorp, maar we zijn tenminste geen spookdorp in de winter zoals veel kustplaatsjes.'

'Geen spookdorp?'

'In Boscastle, Port Isaac, Padstow, … staan enkel vakantiehuizen. Het bruist er in de zomer, maar het is er doods in de winter. Wij zijn dan wel geen bruisende gemeenschap, maar je ziet tenminste altijd een vriendelijk gezicht in de winkel of in het café.'

De keren dat hij zich in de bar van de Crown gewaagd had om zijn eten te bestellen, had Slim weinig vriendelijke, maar veel onderdrukte gezichten gezien, mensen die onderuitgezakt bj hun pint voor zich uit zaten te staren. Het kwam misschien doordat het winter was - 's nachts huilde de wind en deed zijn venster zo hard rammelen dat hij soms bang was dat het uit de muur gerukt zou worden, en de weg naar de B&B was echt donker, niet het stadsdonker dat Slim gewoon was. Of misschien viel er weinig te bespreken in deze contreien. De telefoon van Slim had geen bereik tenzij hij anderhalve kilometer de heuvel beklom in de richting van de A39, maar voor iemand die meer had om te vergeten dan om naar uit te kijken, was dat een ideale situatie.

Met een air alsof ze haar jacht op een nieuwe roddel opgaf, ook al zou die haar status binnen de gemeenschap van oudere koffiekletsdames kortstondig verhogen, zette mevrouw Greyson het ontbijt neer en bleef staan kijken terwijl ze haar armen kruiste en een paar minuten de wacht hield, waarna ze zich abrupt op haar hielen omdraaide en de keuken terug inbeende. Slim bleef alleen achter in de krappe eethoek van de B&B: drie tafels die zo dicht tegen de muur geschoven waren dat ze het behangpapier geschonden hadden en een die in het midden stond alsof iemand die vergeten was. Elke morgen zette mevrouw Greyson voor Slim, als daad van verzet tegen zijn brutaliteit haar lastig te vallen met zijn zaken, de minst aantrekkelijke tafel die achter een deur naar de hal gewurmd zat. Het menu, waarop drie van de vier keuzes doorstreept waren, bestond enkel uit een stoofschotel met kool met af en toe een extra van gebakken bonen. Slim was zo winderig dat hij zijn slaapkamerraam open moest laten 's nachts.

De toast was gelukkig steeds lekker, en de koffie, zelfs zonder er iets aan toe te voegen zoals Slim ooit gedaan had, was sterk en smaakte alsof hij de dag voordien gezet was, net zoals Slim het graag had.

Hij ontbeet snel, riep een bedankje naar mevrouw Greyson en vertrok dan voor ze hem weer in een hoek kon drijven. Hij werd begroet door een vochtige wind die van Bodmin Moor, een paar kilometer meer naar het oosten, kwam gefloten en zijn jekker uitdaagde hem zowel droog als warm te houden. Zelfs als de heide droog was, was Penleven gehuld in diezelfde miezer, alsof het zijn eigen microklimaat had.

De bus was een aanvaardbare tien minuten te laat en voerde hem mee op een eindeloos lijkende, meanderende tocht door beboste valleien, langs smalle, kronkelende straatjes tot ze eindelijk de vallei van het mooie stadje Tavistock bereikte. Het was gesitueerd langs de Tavy en bestond uit een mooie reeks historische straten met verrassend mondaine winkels. Slim genoot van de troostende aanwezigheid van mensen; hij maakte van de gelegenheid gebruik om de oude zeep in de badkamer van mevrouw Greyson te vernieuwen, kocht een T-shirt bij H&M en ging dan lunchen in een Wetherspoon's. Hij concentreerde zich weer op het doel van zijn uitstap nadat een rugbywedstrijd op een groot scherm geëindigd was; hij vond de overdekte markt bij de rivier en vroeg rond naar een antiekhandelaar. Drie mensen raadden hem Geoff Bunce aan, de eigenaar van een bric-à-bracwinkel die zich in de noordoostelijke hoek naast een drukbezochte koffiebar bevond.

'Ik wil een klok laten taxeren', zei Slim tegen Bunce die een witte baard had en wiens buikomtrek en baardgroei hem deden lijken op een veel te vroege kerstman, een indruk die nog benadrukt werd door de bretellen die over zijn uitstulpende buik spanden.

'Laat me even kijken.'

Bunce draaide de klok, zacht neuriend van tevreden waardering, verschillende keren om terwijl hij af en toe opkeek naar Slim met een achterdochtige blik in zijn ogen.

'Hebt u er bezwaar tegen als ik de achterkant er afhaal?'

'Oké.'

Toen Bunce aan de slag ging met een schroevendraaier ging Slim op een stoel naast zijn bureau zitten en liet hij zijn ogen over de legborden en dozen vol prullaria gaan. Niet zozeer antiek, maar stoffige rommel uit lang vervlogen tijden.

'Bent u bevriend met de oude Birch?' zei Bunce plots.

'Wat?'

Bunce liet een envelop zien die beschadigd was door water.

'De oude Birch. Amos.'

Slim fronste zijn wenkbrauwen en vroeg zich af of Bunce plots Cornish dialect sprak. Een tikje gefrustreerd, herhaalde de man: 'Amos Birch. De man die deze klok gemaakt heeft. Hij woonde in Trelee, vlakbij Bodmin Moor. Bezat een boerderij. In het begin verkocht hij zijn klokken hier op de markt van Tavistock, voor hij bekend werd. Was hij een vriend van u?'

'Ja... een vriend.'

'Dan behoort dit u toe, veronderstel ik.' De man schudde met de envelop alsof hij Slim aan het bestaan ervan wilde herinneren.

Slim nam haar aan en voelde meteen de combinatie van het tere, oude papier en de vochtigheid. Als hij haar open zou proberen te doen, zou de envelop uiteenvallen in zijn handen en de boodschap erin zou verloren gaan.

'Ah, daar is ze', zei hij met een niet overtuigende grijns tegen de winkeleigenaar. 'Ik was ernaar op zoek.'

'Natuurlijk, meneer...?'

'Hardy. John Hardy, maar iedereen noemt me Slim.'

'Ik zal niet vragen waarom.'

'Da's goed. Het verhaal is het vertellen niet waard.'

Bunce zuchtte weer. Hij draaide de klok nog een keer om. 'Ze is niet afgewerkt', bevestigde hij wat Slim al vermoed had. 'Ik neem aan dat uw vriend Birch u haar cadeau gedaan heeft? Hij kan haar in die toestand niet verkocht hebben, met zijn reputatie.'

'U lijkt hem goed gekend te hebben.'

'Schoolvrienden. Amos was twee jaar ouder, maar er waren hier niet veel kinderen. Iedereen kende iedereen.'

'Zo gaat dat in kleine gemeenten, hé.'

'U bent niet van hier, hé, meneer Hardy?'

Slim had altijd het idee gehad dat hij een neutraal accent had, maar dat alleen al maakte van hem een buitenstaander als mensen een sterk Westcountry-accent verwachtten.

'Lancashire', zei hij. 'Maar ik heb veel tijd in het buitenland doorgebracht.'

'Het leger?'

'Hoe wist u dat?'

'Uw ogen', zei Bunce. 'Ik zie er spoken in.'

Slim zette een stap achteruit. Een reeks onwelkome herinneringen begonnen zich te roeren, maar hij schudde ze van zich af en legde ze het zwijgen op.

'Hebt u ook in het leger gezeten?'

'Falklands. Maar daar zwijgen we beter over.'

Slim knikte. Ze hadden toch iets gemeen. 'Zo, ik denk dat ik u lang genoeg beziggehouden heb...'

'U kan er een paar honderd voor krijgen', zei Bunce en hij stak de klok abrupt uit. 'Misschien een beetje meer als u haar veilt. Er zijn mensen die Amos Birchklokken verzamelen, maar ze zijn eerder zeldzaam. Ze is niet afgewerkt en licht beschadigd, maar het blijft een originele Amos Birch. Vroeger waren ze in trek. Amos werkte thuis voor thuiswerk een ding was.'

'Vroeger?'

Bunce fronste en Slim voelde hoe hij elk aspect van zijn leugen ontleedde.

'De interesse in Amos Birch nam af nadat hij verdween.'

'Nadat hij...?'

'U weet toch, meneer Hardy, dat uw vriend al meer dan twintig jaar vermist is?'

5

———————

DE CROWN & Lion, het eenzame café aan de uiterste rand van Penleven dat door een bomenrij afgeschermd was van de dichtstbijzijnde huizen, als een verstoten buurman, had nog nooit zo uitnodigend geleken. Vanaf de enige bushalte van het dorp kon Slim niet vermijden dat hij er voorbij moest passeren om naar de B&B te wandelen en hoewel hij regelmatig in het aftandse restaurantgedeelte had gegeten zonder al te veel te hunkeren naar de drank die in de priemende oogwenk van een dorpeling de voorbije drie maanden van herstel teniet zou doen, voelde hij die avond te veel van de vroegere spanning, de nerveuze rusteloosheid die hem altijd tot drinken dreef. Mensen zeggen: eens een alcoholist, altijd een alcoholist en ook al hoopte Slim dat hij ooit zou kunnen genieten van een rustig biertje nu en dan, die demonenvrije dagen van controle hebben en tevreden zijn, waren nog erg veraf. Hij keek een keer verlangend naar de lichten in het raam van het café en versnelde dan zijn pas en haastte zich er voorbij.

De B&B was stil toen hij terug was, maar door een gesloten deur hoorde hij het gedempte geluid van een televisie waarvan het volume zacht stond. Slim opende de deur op een kier en zag mevrouw Greyson liggen slapen in haar fauteuil voor een elektrisch vuurtje. De afstandsbediening lag op de armleuning naast haar, alsof ze zo vooruitziend geweest was om het geluid zacht te zetten voor ze in slaap viel.

Slim ging naar boven. Hij legde de klok op zijn bed en vertrok weer. Een kleine kilometer verderop in de straat, bij de enige winkel van het dorp, vond Slim een telefooncel.

Hij belde een vriend in Lancashire. Kay Skelton was een taal- en vertaalexpert die Slim kende van zijn tijd bij het leger en met wie hij vroeger al samengewerkt had. Slim vertelde hem over de oude brief die hij achterin de klok gevonden had.

'Ik wil weten wat erin staat, als er al iets in staat', zei Slim.

'Stuur me de brief aangetekend op', zei Kay. 'Het is niet iets dat ik kan doen, maar ik heb een vriend die kan helpen.'

Na het telefoontje zag Slim tot zijn verrassing dat de winkel nog open was, ook al was het bijna kwart over zes.

'Ik ging net sluiten', groette de winkelierster streng, een oudere vrouw met een gezicht dat zo zuur was dat Slim twijfelde of ze wel kón glimlachen.

'Het zal maar een minuutje duren', zei Slim.

'Ah, dat zeggen ze allemaal, hé?' zei ze grijnzend en met een sarcastisch lachje waardoor Slim niet zeker was of ze een grapje maakte of onbeleefd was.

Nadat hij een envelop gekocht had, kwam Slim te weten dat de winkel ook dienstdeed als lokaal postkantoor, maar ook al kon hij er een aangetekende zending versturen, hij moest een toeslag betalen omdat het buiten de kantooruren was.

'Is het ver van hier naar Trelee?' vroeg hij terwijl de winkelierster hem niet erg subtiel in de richting van de deur dreef.

'Waarom zou u daarheen willen? Daar valt niet veel te beleven voor toeristen.'

'Ik hoorde dat er een of ander mysterie was.'

De winkelierster rolde met haar ogen. 'Ah, u bedoelt Amos Birch, de klokkenmaker. Ik dacht dat dat ondertussen oud nieuws was. Waarom geeft u om een oude man die vermist is?'

'Ik ben privédetective. Het verhaal wekte mijn interesse.'

'Waarom? Er valt niet veel over te vertellen. Heeft er u iemand ingehuurd?'

Ze sprak het woord "ingehuurd" zo minachtend uit dat Slim zich afvroeg of de winkelierster een slechte ervaring had gehad met privédetectives in het verleden.

'Ik ben met vakantie', zei hij, 'maar u weet wat er gezegd wordt: eens een flik, altijd een flik.'

'Wordt dat effectief gezegd?'

'Dus... links of rechts vanuit het dorp?'

De winkelierster rolde weer met haar ogen. 'De oude Camelford road in noordelijke richting. U zal misschien een bord zien - vroeger was er een, maar de gemeente maait het onkruid niet meer zoals vroeger. Een tiental minuutjes met de auto.'

'Te voet?'

'Een uur. Misschien iets meer. Als u de weg kent, kan u een kortere weg nemen over de rand van Bodmin Moor en wat tijd besparen, maar wees voorzichtig, vroeger was het een mijngebied.'

'Dank u.'

'En neem iets te eten mee. Dit hier is de enige winkel tot aan de Shellgarage op de A39 net voor Camelford.'

Slim knikte. 'Bedankt voor de informatie.'

De winkelierster haalde haar schouders op. 'Als ik u een raad mag geven, bespaar u de moeite. Er valt niet veel meer te zien dan een oude boerderij en er valt niet veel te weten te komen. Toen Amos Birch verdween, heeft hij ervoor gezorgd dat hij zeker nooit teruggevonden zou worden.'

6

—————

DE VOLGENDE MORGEN werd Slim door regen begroet, maar mevrouw Greyson was in een even goed humeur als altijd toen hij haar vertelde dat hij op stap ging.

'Geen ideale dag voor de heide, hé', zei ze. Toen Slim zijn schouders ophaalde, voegde ze eraan toe: 'Ik bedoel, ik heb wel een paraplu die ik u zou kunnen lenen, maar u kan hem toch niet echt gebruiken op uw fiets en hoe dan ook, de wind daar zal hem aan flarden rukken.'

Slim overwoog haar op haar woord te nemen en de paraplu toch te vragen, maar besloot dan het risico te nemen en zijn gebruikelijke jekker te dragen. Mevrouw Greyson bood hem wel een oude stafkaart aan, maar Trelee stond erop als een bolletje een paar rastervakjes boven waar Penleven wat meer ruimte gekregen had dan de mager gezaaide huizen verdienden.

De weg zag eruit zoals hij ondertussen verwachtte van wegen in Cornwall die niet de A30 of de A39

24

waren: een eindeloze, kronkelende weg die nauwelijks breed genoeg is voor twee auto's om elkaar te kruisen, een wirwar van blinde hoeken en verborgen kruispunten die neerdalen in en opstijgen uit beboste valleien tussen glooiende heuvels met akkers en heide. Claustrofobische hagen openbaarden hier en daar ruige, prachtige vergezichten van mistige open ruimtes, maar terwijl hij zo door het halfduister van overhangende bomen wandelde, met als enige metgezel wat hondengeblad in de verte of de schreeuw van een vogel, begon Slims fantasie hem te kwellen met beelden van verminkte lichamen en advertenties van vermiste personen achterin weekendkranten.

Trelee, bij de barst in de straat waar het dorp volgens de kaart moest zijn, bestond amper uit een tiental huizen die uitgespreid stonden langs een vlakkere kilometer die onderbroken werd door doorgangen naar het open veld waar je zicht kreeg op de Bodmin Moor. Er verdwenen een paar landweggetjes in de verborgen valleien en door de bladloze bomen waren enkel de daken van afgelegen schuren en boerderijtjes te zien.

Slim maakte zijn fiets met een ketting vast aan een hek vlakbij een bord waarop in zelfzekere letters TRELEE stond en waarrond het gras was gemaaid alsof het met een stok platgeslagen was, waarna hij te voet verder ging en zich afvroeg of het een nutteloze rit was geweest. De drie dichtstbijzijnde huizen waren moderne bungalows die een eind van de straat af stonden. Bij geen van de drie stonden auto's buiten, wat erop kon wijzen dat de eigenaars gaan werken waren in een of andere afgelegen metropolis. Hij merkte nog een paar tekenen van leven op: een oprit van een van de bungalows met wat rondgestrooid speelgoed, een sierlijke kat voor het raam van een andere bungalow.

Voorbij de bungalows stonden drie oudere landhuisjes met bakstenen muren en rieten daken, een fragment van een reisdocumentaire die naar een uithoek van Cornwall getransporteerd was. De eerste twee zagen er verlaten uit, de poorten waren vergrendeld en de brievenbussen waren dichtgetapet, maar in de tuin van het derde huisje was een oude man in de tuin aan het rommelen. Hij leegde de skeletachtige resten van dode planten op een composthoop en stapelde dan de oude schalen op elkaar.

Slim stak zijn hand op toen de man hem beleefd groette.

'Hebt u misschien een minuutje voor me?' riep hij.

De man kwam zijn richting uit. 'Ja, hoor. Bent u nieuw in de buurt?'

'Nee, alleen op bezoek. Vakantie.'

De man knikte even nadenkend. 'Mooi. Zelf zou ik iets gekozen hebben dat dichter bij de kust lag, maar ieder zijn meug.'

Slim haalde zijn schouders op. 'Het was goedkoop.'

'Dat verwondert me niet.'

'Ik ben op zoek naar iemand die Amos Birch gekend kan hebben', zei Slim voor hij echt wist wat hij zei. 'Ik weet dat hij overleden is, maar ik vroeg me af of hij misschien een vrouw of een zoon had. Ik heb iets gevonden dat van hem kan zijn.'

De man raakte zichtbaar gespannen toen hij de

naam Amos hoorde. 'Of hij overleden is of niet staat ter discussie. Wie wil dat weten?'

'Mijn naam is Slim Hardy. Ik verblijf in het Lakeview Guesthouse in Penleven.'

'En wat hebt u gevonden?'

Slim besloot dat het geen zin had iets achter te houden. 'Een klok. Ik heb gehoord dat hij een hobbyist was.'

De man lachte. 'Een hobbyist? Wie heeft u dat verteld?'

'Ik heb dat gewoon gehoord.'

'Wel, mijn vriend, als u toevallig een Amos Birchklok gevonden hebt, zou ik die voor mezelf houden, of toch minstens achter slot en grendel steken.'

'Waarom dan wel?'

'Die dingen zijn enorm in trek. Amos Birch was geen hobbyist. Hij was een vakman die bekend was in het hele land. Zijn klokken zijn duizenden euro's waard.'

SLIM ZAT AAN een wankel tafeltje tegenover de oude man die zichzelf had voorgesteld als Lester "noem me maar Les" Coates en bleef constant denken aan de klok die hij onder zijn bed in de B&B gelaten had. Ze was misschien een klein fortuin waard, iets dat gezien de afwezigheid van werk, erg welkom zou zijn nu.

'De verhalen bleven maar komen', zei Les bij een kopje thee die Slim frustrerend slap vond. 'Het was letterlijk zo'n geval van heden rood, morgen dood. Van in een mijnschacht gevallen op Bodmin Moor tot gekidnapt door een internationale terroristische groepering. Erg fantasievol allemaal.'

'Woonde hij hier in de buurt?'

'Op de Worthboerderij. In noordelijke richting, de tweede toegang links. Hij had een paar knechten om de boerderij draaiende te houden, maar het was erg kleinschalig. Er werd altijd beweerd dat hij met verlies werkte voor het belastingvoordeel.'

'Voor zijn klokken?'

'Later toch. Hij was begonnen als landbouwer; hij had de boerderij van zijn vader overgenomen, geloof ik. Toen de interesse voor zijn bijbaan groeide, verminderde hij het ene om het andere uit te breiden.'

'Waren jullie vrienden?'

Les schudde zijn hoofd. 'Buren. Niemand was echt een vriend van de oude Birch. Hij was niet de meest sociale mens, maar hij was wel vriendelijk als je hem op straat tegenkwam.'

'Had hij een gezin?'

'Een vrouw en dochter. Mary overleefde hem een paar jaar, maar nadat ze overleden was, heeft Celia de boerderij verkocht en is ze verhuisd. Het nieuwe koppel daar zijn de Tintons. Best vriendelijke mensen, beetje teruggetrokken. Maggie is een beetje bekakt, maar ze is wel oké.'

'Kenden ze de geschiedenis ervan toen ze de boerderij kochten?'

Les schudde zijn hoofd. 'Geen idee. Ik wist zelfs niet dat Celia wilde verkopen tot ik begon verhuiswagens te zien. Er waren in elk geval geen te-koopborden, tot het verkochtbord verscheen. Het zou fijn geweest zijn als iemand uit de buurt de boerderij gekocht had, maar daar valt niets aan te doen. Toen Celia vertrok heeft er alleszins niemand een traan gelaten. Opgeruimd staat netjes!'

Slim fronste toen de toon waarop Les sprak zo plots veranderde. Het deed hem denken aan de reactie die hij eerst gekregen had toen hij Amos ter sprake bracht. 'Waarom zegt u dat?'

Les zuchtte. 'Dat meisje was een rotte appel. De oude Birch had geld. Het meisje had niets te kort. Ze kon flirten als geen ander. Er werd vanalles over haar verteld.'

'Wat bijvoorbeeld?'

Les zag er gepijnigd uit en grimaste alsof de woorden rottend fruit waren die hij moest doorslikken.

'Ze hield nogal van mannen, werd er gezegd. Vooral van getrouwde. Er werden meer dan een paar huizen verkocht toen ze nog in de buurt was; gezinnen die elk hun weg gingen. Ze was pas negentien toen Amos verdween en er werd gefluisterd dat hij er genoeg van had gehad.'

'Denkt u dat ze hem vermoord heeft?'

Les beukte zo hard op de tafel dat Slim zich met een ruk achteruittrok en bulderlachte dan. 'Oh, hemeltje, nee. Denkt u dat ze daarmee weg zou komen? Dat meisje had best wel talenten, maar eigenlijk was ze zo dom als het achtereind van een varken.'

Slim wilde vragen of Les Celia's nieuwe adres kende, maar de oude man zat fronsend in de verte te staren. Slim keek even om zich heen om te zien of er een vrouw aanwezig was, maar dat was niet het geval. Hij vroeg zich af of de verhalen over de decadente levensstijl van Celia Birch meer waren dan roddels.

'Dank u wel voor uw tijd', zei hij en stond op. 'Ik zal u niet langer ophouden.'

Les begeleidde Slim naar de deur. 'Altijd welkom', zei hij. 'Maar als ik u een raad mag geven... Graaf beter niet te diep.'

'Hoe bedoelt u?'

'De deuren hier staan altijd open voor vreemdelingen. Maar als iemand te diep graaft in wat erachter gebeurt, hebben ze de neiging dicht te slaan.'

8

───────

Slim at zijn lunch bij een draaikruis met zicht op het groen van Bodmin Moor in de verte. Voetsporen in het zachte slijk aan de rand van het veld vertelden hem dat dit een populaire route was, maar hij had verder nog geen wandelaars gezien.

Hij voelde zich een beetje op zijn ongemak om op de deur van de Worthboerderij te kloppen, maar het pad naar de vallei liep rond de achterkant van de boerderij voor het een stroom overstak en dan tot de heide verder liep, dus kon Slim in het passeren door de haag kijken.

Het huis had een verharde binnenplaats die omringd was met bijgebouwen: twee grote stallen voor dieren, een schuur voor machines en nog een paar gebouwen waarvan Slim niet precies wist waarvoor ze dienden: graanopslagplaatsen of een melkhuis misschien. Achter de binnenplaats leidde een grintpad naar een paar kleinere gebouwtjes die voor persoonlijk gebruik leken te zijn. Slim gluurde door het hek en vroeg zich af of het grootste - een bakstenen schuurtje met twee vensters aan weerszijden van de deur en een kleine schouw die uit het dak stak aan een kant - ooit dienstgedaan had als Amos Birch' atelier.

Met zijn instinct voor mogelijke sporen die hij ontwikkeld had gedurende de acht jaar die hij als privédetective gewerkt had, haalde Slim zijn digitale camera boven en nam een paar foto's van het erf. Hij had haar net weer in zijn zak gestopt toen een vrouwenstem hem riep.

'Pas op dat je niet vast komt te zitten daar.'

Slim schrok zich een bult en keek om met een ruk. Hij gleed uit de haag en viel in het slijk. Toen hij zich, grimassend naar de bruine veeg die van zijn enkel tot halverwege zijn dij liep, omdraaide, zag hij een oudere dame staan, uitgedost in tweed trekkerskledij. Ze leunde op een wandelstok en tuurde wat argwanend door een bril die laag op haar neus stond.

Slim kwam overeind en probeerde zo veel mogelijk het slijk van zijn kleren te vegen. De vrouw bleef hem diep fronsend en met haar hoofd schuin bekijken, als een kunstenaar die de kunst van een rivaal bestudeert.

'Hebt u iets interessants gezien vanaf uw uitkijkpunt?'

'Wat?'

'Vanaf uw plekje tussen de struiken.' Ze zwaaide met haar wandelstok naar de heide. 'De meeste mensen op dit pad kijken immers de andere kant op, naar die spectaculaire heuveltoppen. Ik vroeg me af wat u zo interessant vindt aan een boerderij die verborgen zit achter een haag die zo gesnoeid is dat iemand met een beetje verstand eruit af kan leiden dat de bewoners privacy willen.'

De toon van de vrouw was van geïnteresseerd naar bijna kwaad gegaan. Slim was haar maniertjes beu aan het worden, maar plots besefte hij met wie hij aan het praten was.

'Mevrouw Tinton? U bent de eigenares van de Worthboerderij, is het niet?'

De vrouw knikte even nadrukkelijk. 'Wat bent u slim! Dat ben ik inderdaad. En ik zal u eens iets vertellen: Het kan me geen moer schelen wie hier vroeger woonde. Ik ben het beu dat jullie, schattenjagerstypes, hier komen rondneuzen. Ik zeg al jaren tegen Trevor dat het enige dat zal helpen een elektrische omheining is, maar hij denkt altijd dat elke gluurder die we betrappen de laatste zal zijn. Echt, soms is hij te vriendelijk voor zijn eigen bestwil.'

'Het spijt me.'

'Terecht. En ga nu onmiddellijk weg van die haag. U hebt het recht om het pad te gebruiken, maar die haag behoort tot mijn eigendom en door erin te klimmen begaat u een overtreding. U weet toch dat u daarvoor een boete tot vijfduizend pond kan krijgen, hé?'

Ooit had Slim een beginnershandleiding over Britse wetgeving doorgenomen toen hij dat dringend nodig had voor een eerdere zaak en hij herinnerde zich zoiets helemaal niet, maar haar tot de orde roepen, zou niets uithalen. Hij spreidde zijn handen, schonk haar zijn meest verontschuldigende glimlach en zei: 'Ik had geen kwade bedoelingen.'

'De Worthboerderij is geen toeristische attractie!'

De vrouw stootte haar wandelstok in de grond om haar woorden kracht bij te zetten en spatte zo slijk op de al doorweekte laarzen van Slim. Hij overwoog opnieuw te protesteren, maar besloot de moeite niet te doen. Ze had de camera niet gezien, dus maakte hij best dat hij wegkwam terwijl hij kon.

'Ik keer nu beter huiswaarts', zei hij, achterwaarts het pad oplopend, terwijl ze met haar stok naar hem zwaaide. 'Nogmaals, mijn excuses. Ik had geen kwade bedoelingen.'

'Maak dat je wegkomt!'

Slim strompelde weg langs het pad. Zodra hij tussen de bomen, onderaan het veld, was, riskeerde hij het om nog even om te kijken. Mevrouw Tinton was het pad opgelopen tot aan het draaikruis, waar ze weer op wacht ging staan terwijl ze met beide handen op de wandelstok leunde als een soldaat op zijn geweer.

Enkel via de langere route die langs de achterkant van de boerderij liep, kon hij terugkeren naar de weg zonder haar te moeten passeren. Het pad volgde een smalle, verraderlijke rivieroever met een steile helling naar het water. De hoge hagen rond de boerderij boden slechts een paar bramen als houvast, terwijl een bomenrij aan de kant van de boerderij een verwarrend web van schaduwen op de oneffen ondergrond wierp. Hier en daar had de stroom delen van het pad weggespoeld en een stuk van de haag vlakbij de zuidoostelijke hoek was gestut door een nieuwere stenen muur, wat erop wees dat ze ooit ondergraven en ingevallen was.

De eerste druppels begonnen rond hem neer te vallen toen het pad op een ander veld uitkwam. Binnen in een pittoreske veranda met voor zich een bord met scones of zelfs een fles whisky, zou het een welkom, romantisch geluid geweest zijn. Nu deed het Slim echter denken aan de lange fietstocht terug naar Penleven. Hij vroeg zich af of het geen tijd werd om Cornwall achter zich te laten en weer naar het binnenland te trekken, maar hij kon het gedoe dat gepaard gaat met een appartement zoeken én de verleidingen die de stress kon brengen, niet aan. Dus keek hij met tegenzin naar de ondoordringbare hemel en kwam vanonder de bomen vandaan die wat beschutting geboden hadden tegen de regen.

Toen hij een uur later in de B&B aankwam, gaf mevrouw Greyson hem een standje omdat hij slijk op haar deurmat achterliet, maar verder leek ze tevreden dat hij terug was voor het donker. In zijn kamer knabbelde hij wat chips en chocolade terwijl hij de foto's naar zijn laptop uploadde. Hij verwachtte niet dat hij veel opmerkelijks zou vinden, maar toen hij de foto van het kleine bakstenen gebouwtje vergrootte, trokken een paar dingen zijn aandacht.

Aan de binnenkant van de ramen aan elke kant leken er tralies te zitten en de deur was versierd met een zwaar hangslot.

9

DE VERDWIJNING VAN Amos Birch moet te weinig spectaculair geweest zijn om er veel over te vinden op het internet. Door grondig te graven en wat door de fansites en de geruchten te gaan van bronnen met een goede reputatie, had Slim kunnen bepalen dat de precieze datum de tweede mei 1996 was geweest, een donderdag eenentwintig jaar en tien maanden geleden. Volgens historische weerberichten was het die morgen bewolkt geweest met wat gemiezer vanaf een uur of vier.

Het enige gedetaileerde artikel over de verdwijning zelf vond hij op een blog voor klokkenliefhebbers, een waar-zijn-ze-nubericht over amateurklokkenmakers dat weinig nieuws vertelde voor Slim. Op de avond van donderdag 2 mei 1996, had Amos Birch met zijn vrouw en zijn dochter gegeten, waarna hij zich teruggetrokken had in zijn atelier om verder te werken aan zijn recentste klok. Hij is sindsdien nooit meer teruggezien.

De geruchten gingen van moord tot "hij is ervan

doorgegaan". Hij was drieënvijftig toen en woonde samen met zijn vrouw, Mary, die toen 47 was, en zijn dochter, Celia, van 19. De politie voerde een onderzoek uit, wat onder andere inhield een grondige zoektocht op Bodmin Moor, maar concludeerde, bij gebrek aan bewijs dat op iets anders kon wijzen, dat Amos Birch er heel gewoon van doorgegaan was. Het atelier was niet afgesloten en enkel zijn wandelschoenen en jas waren verdwenen. Hij had geen identificatiebewijs bij zich en zijn portefeuille werd later in een keukenlade gevonden. Aangezien er echter werd aangenomen dat hij veel van zijn klokken aan plaatselijke verzamelaars tegen cash verkocht had, betekende het feit dat hij in de eerste dagen geen geld had afgehaald waarschijnlijk dat hij geld genoeg bij zich had en later een nieuwe identiteit had aangenomen.

Verder stonden er geen interessante details meer in het artikel, maar de laatste regel deed een belletje rinkelen bij Slim.

Het leek erop dat Birch er gewoon van doorgegaan was en zijn laatste klok meegenomen had.

Er was niets dat erop wees dat de schrijver iets wist van de klok. Nergens anders was vermeld dat een klok onafgewerkt in het atelier gebleven was, dus het kan gewoon fantasie geweest zijn.

Was het de laatste klok die Slim op de heide gevonden had?

Geoff Bunce was het met Slim eens geweest dat de klok onafgewerkt was. Wat als Amos Birch' laatste klok nu onder Slims bed lag?

Slim kwam overeind; hij was plots zenuwachtig. Hij

ijsbeerde wat in zijn kamer. Het was onmogelijk de omstandigheden te weten te komen van de verdwijning van Amos, maar Slim had wat hij gevonden had niet voor zich gehouden. Wat als Amos de klok om een specifieke reden verstopt had.

Wat als iemand ernaar op zoek was? Was het mogelijk dat Amos verdwenen was met de klok om haar voor iemand te verbergen?

Slim trok de stoel van onder het bureautje in zijn kamer, kantelde hem en wrikte hem onder de klink. Hij had het feit dat er geen slot was niet als een probleem beschouwd, maar het kon geen kwaad om voorzichtig te zijn.

Hij vroeg zich af of hij iets moest zeggen tegen mevrouw Greyson, maar besloot het toch maar niet te doen. Hij zou haar maar ongerust maken en hij zou trouwens de persoon zijn die ze zoeken, niet zij.

Tenzij Amos vermoord was natuurlijk. Het scheen dat Bodmin Moor en omgeving in het verleden ontgonnen was geweest en de grond zat vol schachten die vaak niet in kaart gebracht waren. Hoe moeilijk zou het geweest zijn om het lijk van Amos te dumpen waar niemand het ooit kon vinden?

10

Bɪj ʜᴇᴛ ᴏɴᴛʙɪjᴛ de volgende morgen vermoedde Slim dat mevrouw Greyson in een goede bui was, dus riep hij haar. Het gefluit dat uit de keuken was komen aanwaaien als het lied van een oud, maar vrolijk vogeltje hield abrupt op en ze kwam aangebeend terwijl ze haar schort in haar handen wrong alsof ze Slim wilde wijzen op het ongemak dat hij had durven veroorzaken.

'Meneer Hardy... ik hoop dat alles naar wens is?'

Hij glimlachte en prikte met zijn vork in zijn bord. 'Natuurlijk. Die eitjes doen me denken aan mijn lang geleden overleden moeder en de culinaire zaligheden die ik dagelijks voorgeschoteld kreeg.'

'Dat is... goed. Waarmee kan ik u helpen?'

'Ik ben gisteren naar Trelee geweest. Ik ben een beetje verloren gelopen op de heide, maar een oude dame was zo vriendelijk me de weg te wijzen. Ik wilde haar een bedankbriefje sturen, maar ik ben haar naam vergeten.'

'En waarom denkt u dat ik die ken?'

'Ze zei dat ze in het voormalige huis van Amos Birch woonde. De Worthboerderij. Kent u toevallig de naam van de nieuwe eigenaars?'

'Zo nieuw zijn ze niet meer, hoor; ze wonen daar al een twaalftal jaar.'

Slim hield zijn glimlach in, maar knikte om haar aan te moedigen verder te praten.

'Tinton', zei mevrouw Greyson. 'Maggie Tinton. Maar u moet haar op een goed moment tegengekomen zijn. Ze is de grootste zuurpruim uit de hele buurt. En ik wed dat u mij al erg vond.'

Slim begon pijn aan zijn gezicht te krijgen door zijn glimlach.

'Haar man, Trevor, is veel aangenamer. Hij kwam vroeger altijd iets drinken in de Crown tot... wel, dat is lang geleden.'

'Tot wat?'

Mevrouw Greyson rolde haar schort weer open, trok die uit en fronste dan haar wenkbrauwen alsof Slim haar gevraagd had een morele grens te overschrijden.

'Er werd gepraat... ze zeiden dat hij er iets mee te maken had gehad.'

'Waarmee?'

'Met Amos' verdwijning.' Voor Slim kon reageren, voegde ze eraan toe: 'Wat natuurlijk belachelijk is. De Tintons komen uit Londen. Ze kunnen niets over Amos geweten hebben. Mary woonde daar tenslotte tien jaar nadat Amos verdwenen was. De Tintons zagen er gewoon een koopje in.'

'Denken de mensen echt dat ze er iets mee te maken hadden?'

'Natuurlijk niet. Het was gewoon een belachelijke roddel, maar ze voelden zich allebei beledigd en nadien trokken ze zich terug uit de plaatselijke gemeenschap.'

'U lijkt hen goed te kennen.'

'Ik speelde vroeger vaak bridge met Maggie in de Legion Hall, maar ze is daarmee gestopt en nooit meer teruggekeerd.'

'Het is bijna als een schuldbekentenis.'

'Ze waren gewoon beledigd', zei ze. 'Ze zijn hier komen wonen na hun pensioen voor het typische buitenleven dat je op televisie ziet. Ik denk dat ze een gemeenschap halvegaren verwacht hadden die niets liever gewild hadden dan hen mee te tronen naar dorpsfeesten en koffietafels. Toen ze niet kregen wat ze verwacht hadden, gaven ze het op.'

'Maar ze kunnen echt niets te maken gehad hebben met de verdwijning van Amos Birch?'

Mevrouw Greyson schudde haar hoofd. 'Absoluut niet.'

'Wat denkt u dan dat er gebeurd is?'

Mevrouw Greyson rolde met haar ogen. 'Ik dacht dat we het over mevrouw Tinton hadden?'

'U moet het u toch ook afvragen. U lijkt hen gekend te hebben.'

Mevrouw Greyson trok haar schouders op en zuchtte. 'Hij liet zijn gezin in de steek. Wat valt er meer te weten? Amos had hopen geld en hij ging vaak op zakenreizen, naar congressen over klokken en zo van die dingen. Wilt u mijn mening? Hij had ergens een maîtresse in het buitenland en hij is ervan doorgegaan om bij haar te zijn.'

'Was het niet eenvoudiger geweest om gewoon te scheiden van Mary?'

Mevrouw Greyson begon weer met haar schort te wringen. 'Ik heb hier geen tijd voor', zei ze. Ze draaide zich om en liep weer richting de keuken, maar zei eerst: 'Geniet van uw wandeling vandaag, meneer Hardy.'

Slim staarde haar fronsend na. Hij zou niets meer loskrijgen bij haar, daar was hij van overtuigd, maar toen er sprake was van een andere vrouw hadden haar wangen een rode blos gekregen die er voorheen beslist niet geweest was.

11

OM NAAR DE dichtstbijzijnde bibliotheek te kunnen gaan, moest Slim terug naar Tavistock. Slim belandde alleen in een archief waar hij enorme stapels oude, verkleurde en broos geworden lokale kranten doornam.

Elke stapel bestond uit weekbladen van een heel jaar. Zoals hij verwacht had van kranten in een dorp, waar vooral advertenties in stonden van lokale makelaars en firma's die landbouwmachines verhuren, was er weinig sensationeels aan de korte verslagen over de verdwijning van Amos Birch. *Lokale klokkenmaker verdwijnt onder mysterieuze omstandigheden* was de titel van een ervan en het verslag zelf was zo saai dat het bijna een oxymoron van de titels was. Het focuste op Amos' achtergrond als vakman met uitzonderlijke vaardigheden en als gerespecteerde, lokale landbouwer, maar vermeldde niets speculatiefs.

Hij vond het interessantste verslag in een stapel kranten, de Tavistock Tribune genoemd:

"Plaatselijke landbouwer en befaamde klokkenmaker, Amos Birch (53), wordt sinds de avond van donderdag 2 mei vermist. Zijn echtgenote, Mary (47) heeft de politie ingelicht. Het is mogelijk dat de zowel plaatselijk als internationaal voor zijn complexe, handgemaakte klokken befaamde Amos een avondwandeling door Bodmin Moor wilde maken en de weg verloor. Hij zou helder van geest en in goede gezondheid verkeerd hebben, maar volgens zijn vrouw was hij de week voor zijn verdwijning steeds onrustiger geworden. De familie vraagt dat eventuele informatie over de verdwijning van Amos doorgegeven wordt aan de politie van Devon & Cornwall."

Slim las het artikel een paar keer door en fronste dan. Steeds onrustiger? Dat kon van alles betekenen, maar wekte toch de indruk dat Amos wist dat er iets stond te gebeuren. Betekende het dat hij van plan was geweest ervan door te gaan, of was er iets met hem gebeurd?

Hij herinnerde zich dat een oude collega uit het leger hem ooit verteld had dat sporen van een misdaad vaak lang voor de misdaad zelf achtergelaten werden, dus keerde hij een paar weken terug en scande de kranten op zoek naar alles wat met Amos Birch te maken kon hebben. Behalve een kort bericht van meer dan een maand voor de verdwijning waarin werd bericht dat Amos een onderscheiding had ontvangen van een nationale klokkenmakersvereniging, vond hij niets.

Tegen de middag had hij pijn aan zijn ogen van het staren naar de verschoten inkt, dus ging hij recupereren in een koffiehuis in de buurt. Daar belde hij Kay, maar zijn vriend-vertaler had nog geen informatie over de inhoud van de brief.

Zijn geest die zich een paar jaar na zijn ontslag uit het leger toegespitst had op privéonderzoek begon te zoemen van de zotte ideeën. Niemand ging er gewoon vandoor zonder reden als hij een stabiele relatie heeft. Ofwel rende je ergens heen, ofwel rende je ergens van weg.

De mogelijkheden waren eindeloos. Een maîtresse was het meest voor de hand liggend om heen te rennen, een ontevreden klant of een concurrent om van weg te rennen. Zonder veel te weten over Amos zelf was het moeilijk om te oordelen. Uit de gesprekken die Slim tot nu toe gevoerd had, bleek dat de klokkenmaker een duistere figuur in de gemeenschap was en zijn obscure beroep voegde er nog een laagje mysterie aan toe. Zelfs de dreef naar de Worthboerderij en de hoge hagen errond verschaften de Birches een gevoel van afzondering en de Tintons hadden dat zo gelaten.

In het koffiehuis was er een telefooncel. Slim nam een telefoonboek van een plank ernaast en liep terug naar zijn tafeltje. Er waren een paar tientallen Birches opgenomen, maar geen enkele met een C.

Slim was terug naar de bushalte aan het lopen toen hij achter zich iemand hoorde roepen. Door de aandrang ervan draaide hij zich om. Hij zag Geoff Bunce naar hem zwaaien van de overkant van de straat. Slim wachtte terwijl hij overstak.

'Ik dacht al dat u het was. U hebt wel veel vakantie.'

Slim haalde zijn schouders op. 'Ik ben zelfstandig. Ik neem zoveel vakantie als ik wil.'

'Hebt u hem al ontmoet? Uw vriend?'

De sarcastische toon van de man veroorzaakte een vlaag van woede in Slims maag, maar hij forceerde zijn stem om nonchalant te klinken. 'Amos Birch?'

'Ja. Hebt u hem zijn klok al teruggegeven?'

'Nog niet. Ik werk eraan.'

'Kijk, ik weet niet wie u bent, maar ik denk dat het verstandig zou zijn dat u die klok pakt en terugkeert van waar u gekomen bent.'

Slim moest hierom glimlachen. Hij was een ex-soldaat die had gezeten voor slagen en verwondingen en werd nu bedreigd door de Kerstman in een groene waxjas. Bunce had dan wel beweerd ook in het leger geweest te zijn, maar het was moeilijk te zien.

'Wat is er zo grappig?'

'Niets. Uw scherpe toon intrigeert me, dat is alles. Ik ben gewoon iemand die een oude klok wil verkopen.'

'Weet u, meneer Hardy, dat is het laatste dat ik kan geloven.'

'U herinnert zich mijn naam nog.'

'Ik had hem opgeschreven. Er leek iets niet te kloppen met u.'

'Iets maar?' Slim zuchtte, hij raakte het spelletje beu. 'Luister, wil u de waarheid horen? Ik ben hier met vakantie. Ik vond die klok begraven op de Bodmin Moor. Ik had bijna mijn enkel gebroken door dat ding. Toevallig is mijn huidige job - tegen wil en dank - privédetective. Het is moeilijk om aan een mysterie te weerstaan.'

Bunce haalde zijn neus op. 'Wel, dat verandert de zaken.'

'Hoe bedoelt u?'

De man knikte en blies zijn wangen op alsof hij zich voorbereidde om iets groots te openbaren. Slim trok een wenkbrauw op.

'Het zit namelijk zo', zei Bunce, 'dat ik de laatste persoon ben - naast de dichte familie - die Amos Birch levend gezien heeft.'

12

'EN WAAR IS ZE NU, die klok die u gevonden hebt?'

Slim zat rechtover Geoff Bunce in een koffiehuis op de hoek van de markt van Tavistock. Hij sipte van zijn piepschuimen kopje slappe koffie en zei: 'Ik heb haar verborgen.'

'Waar?'

Slim glimlachte. 'Ergens waar ze zeker veilig zal zijn.'

Bunce knikte snel. 'Tuurlijk. Goed idee. En hebt u enig idee wat er met Amos gebeurd is?'

'Nee, helemaal niet.'

'Maar u bent toch privédetective, hé?'

'Ik ben vooral bezig met buitenechtelijke relaties en fraude rond invaliditeit', zei Slim. 'Niets erg opwindends. Ik verdien geen geld met dit onderzoek, dus zodra ik op een dood spoor beland, zal ik waarschijnlijk weer verdwijnen en een zaak zoeken die geld opbrengt.'

'Hebt u helemaal geen aanwijzingen?'

'Ik heb een lijst met mogelijkheden in mijn hoofd en

hoe meer ik ervan kan schrappen, hoe dichter ik kom bij ontrafelen wat er echt gebeurd is.'

'Wat staat er op die lijst?'

Slim lachte. 'Zowat alles van moord tot ontvoering door aliens.'

'U denkt toch niet echt...' Bunce zweeg abrupt en haalde zijn neus op. 'Ah, een grapje. Ik snap het.'

'Ik heb echt geen idee. Op dit moment probeer ik alleen te achterhalen wat de omstandigheden van zijn verdwijning waren. Misschien kan u me daarmee helpen.'

'Op welke manier?'

'U zei dat u de laatste was, naast zijn familie, die hem levend gezien heeft. Kunt u me daar wat over vertellen?'

Bunce haalde zijn schouders op en zag er plots onzeker uit. 'Tja, het is al lang geleden, hé. We gingen wandelen op de heide, tot aan Yarrow Tor, voorbij de verlaten boerderij daar.'

Weet u nog waarom?'

Bunce haalde een schouder op, op een eigenaardige manier. 'Het was een route die we gewoon waren. We deden het om de paar maanden. Niet om een speciale reden.'

'Weet u nog waarover u gepraat hebt?'

Bunce schudde zijn hoofd. 'Oh... de gebruikelijke onderwerpen neem ik aan. We voerden nooit diepgaande gesprekken. We gingen vaak met elkaar om, weet u. We zeurden altijd over het weer, klaagden af en toe over de politiek, van die dingen.'

'Veel informatie geeft u niet, hoor.'

Bunce zag er ontgoocheld uit. 'Tja, er valt niet veel te vertellen. Ik bedoel, ik kende Amos al een eeuwigheid, maar we waren niet zo intiem dat we elkaar alles vertelden. Hij was niet zo'n soort mens. Er werd vaak grappend gezegd dat hij meer van klokken dan van mensen hield.'

'U zei dat die klok een paar honderd pond waard was. Hoe goed was hij eigenlijk echt?'

Bunce glimlachte en zag er opgelucht uit dat Slim een vraag gesteld had waarop hij kon antwoorden.

'Hij leek wel een wiskundige met zijn handen. De meeste vaklui hebben een specifieke vaardigheid, maar Amos had het allemaal. Hij ontwierp alles zelf, deed het houtsnijwerk én maakte de interne mechaniek volledig met de hand. Hebt u enig idee hoe moeilijk het is om onderdelen van een klok met de hand te maken? Na een dag werken heb je misschien een of twee kleine onderdelen. Het is erg arbeidsintensief en er zijn tegenwoordig maar weinig mensen die zich zo kunnen concentreren. Hij was een ras apart, die Amos.'

Hoeveel heeft hij er gemaakt?'

'Niet zo heel veel. Twee of drie per jaar. Sommige waren in opdracht, denk ik, andere verkocht hij privé. Hij was niet gehaast. Hij had geen behoefte aan rijk zijn. Hij hield van de heide en een rustig leven. Zijn boerderij bracht wat op - wat veel mensen er ook over vertellen - en met de verkoop van zijn klokken verdiende hij genoeg bij om zich wat luxe te kunnen veroorloven.'

'Is het mogelijk dat er iemand wrok tegen hem koesterde? Door een misgelopen verkoop, een afspraak die verkeerd gelopen is?'

'Dat is mogelijk, maar ik betwijfel het. Amos was een nederige, sympathieke man.'

'Hoe bedoelt u?'

Bunce trok even aan zijn baard. 'Hij gaf nooit aanstoot, beter kan ik het niet omschrijven. Hij sprak altijd zacht en vertelde nooit kwaad over anderen. Hij werd opgeslokt door zijn werk. En zijn werk was goed. Wie zou nu kunnen klagen over klokken die met zoveel liefde en zorg gemaakt zijn. Ik bedoel, hoe vaak gaan koekoeksklokken kapot? Hoe vaak bent u al in een café binnengewandeld en zag u een kapotte klok hangen in een hoek aan de muur? De klokken van Amos, echter... ik bedoel hoelang was die klok begraven geweest? Twintig jaar? En je kan haar meteen opwinden en aan de praat krijgen alsof het niets is. In een winkel kan je geen enkele klok kopen die zo duurzaam is. Extreem robuust waren de klokken van Amos.'

Bunce had verder niets interessants te zeggen, dus noteerde Slim zijn nummer, verontschuldigde zich en vertrok. Hij was tot de bushalte gewandeld en stond in de rij om een kaartje te kopen toen hij plots een inval kreeg.

Hij haalde het nummer van Bunce uit en belde de antiekhandelaar.

'Hebt u me nu alweer nodig?'

Slim glimlachte. 'Ik heb nog een klein vraagje. Zo'n klok zoals die die ik gevonden heb, hoe dikwijls moet je die opwinden?'

'Goh, ik weet het niet, om de paar maanden. Amos maakte van die ongelooflijke veren. Als je ze opwond, gingen ze enorm lang mee.'

'Oké, bedankt.'

Toen hij terug in de B&B was, was mevrouw Greyson de gang aan het afstoffen. Slim groette haar beleefd en haastte zich dan naar zijn kamer. Daar trok hij de klok van onder het bed en luisterde een paar minuten naar het getik. Daarna draaide hij haar om, verwijderde het houten paneel dat Bunce niet vastgeschroefd had en keek naar het mechanisme van de klok. De kleine draaiknop om de klok op te winden, galmde licht bij iedere tik.

Hij fronste en raakte hem zachtjes aan met zijn vinger; hij zag dat er veel minder vuil rond zat dan op de rest van de klok.

Om de paar maanden had Bunce gezegd. Als de klok al een jaar of twintig begraven was, zou de veer al lang afgelopen zijn.

Slim had haar niet opgewonden, dus bleef de vraag: wie wel?

13

ER WAS IEMAND die geweten had waar de klok zich bevond en die er genoeg om gaf om haar om de paar maanden te gaan opwinden. Zoiets vereiste een reden. Sentimentaliteit was een mogelijkheid, maar daarvoor was de grootste inspanning nodig, iets wat meestal wegdeemstert na verloop van tijd. Wie kan nu per se willen dat de klok blijft werken en waarom? Slim bekeek de klok opnieuw, maar zijn geest was leeg. Complex, dat wel, maar het was maar een klok. Toegegeven, het mechanisme van de koekoek maakte aanzienlijk wat lawaai, maar niets dat hoorbaar is van onder de grond. Slim had gedacht dat het kapot was tot het houten vogeltje tot zijn verrassing plots naar buiten kwam.

Slim legde de klok terug onder zijn bed, trok zijn jas aan en ging naar buiten de avond tegemoet. Het was tijd om op zoek te gaan naar meer informatie in wat in Penleven het meest leek op een oudemannencafé: de Crown. Drinkers praatten graag, maar als Amos Birch nog vijanden had, had hij het meest kans ze daar te vinden.

Hij haalde diep adem en duwde de deuren open. Een klok boven de bar wees halftien aan. Vier gezichten draaiden zich naar hem. Een oude man op een barkruk met een gerimpeld gezicht als een schotelvod en daarrond rebels, wit haar. Twee mannen die aan het kaarten waren aan een tafel bij een knisperend vuur: de ene pezig, dun en met holle ogen, alsof hij voedsel als zijn aartsvijand beschouwde, de andere met een hard gezicht en gezet door spieren als van een bouwvakker. Tattoos piepten vanonder de boord van een T-shirt die over zijn strakke biceps spande en hij tuurde naar een paar van zevens en duwde dan een handjevol munten naar het midden van de tafel.

'Pintje?'

De vierde persoon, een vrouw die Slim in een goede bui als gespierd zou omschrijven en in een slechte bui als een kleine dikkerd, bekeek hem van achter de bar. Een blouse met de knoopjes los liet een driehoek decolleté zien die optimistisch genoeg was om de aandacht van haar gezicht af te leiden, waar te grote wenkbrauwen en een nogal zurige mond de laatste kans op aantrekkelijkheid in de kiem smoorden.

Slim aarzelde met zijn ogen gevestigd op het glas dat schuin onder de dichtstbijzijnde tapkraan werd gehouden. Zo makkelijk om zoveel werk teniet te doen. Met een knoop in zijn maag zei hij: 'Ik moet nog rijden'; zijn stem klonk timide, wat onwennig voelde.

'Ik heb geen auto horen aankomen.'

Ze hield haar hoofd schuin, weg van het glas. Haar

boezem trilde even en Slim dwong zichzelf niet te kijken. Ze was voorbij de veertig, maar waarschijnlijk minder ver dan hij.

'Morgen', mompelde hij.

Ze knikte. 'We hebben ook alcoholvrij van het vat. Is dat oké? Het is waarschijnlijk bijna over datum, maar het smaakt sowieso naar kattenpis.'

'Dat is goed.'

Slim nam een kruk bij de bar en liet een lege plaats tussen zichzelf en de oude man. De twee mannen die aan het kaarten waren, zaten achter hem; hun contouren werden weerspiegeld in een glazen wijnkast achter de bar.

'Jij de knul die in het restaurant eet?' zei de oude man. 'Jij beschaamd? Hier niemand om bang voor te zijn.'

Slim wilde net een antwoord geven toe de vrouw zei: 'Hij is het die naar de oude Amos gevraagd heeft.'

Voor Slim iets kon zeggen, voegde ze eraan toe: 'Er valt over niet veel te praten in een gat zoals dit hier. U bent zowat de grootste roddel sinds hij ervandoor ging.'

Ze zette met een klap een schuimende pint op de barmat dichtst bij hem. Slim keek er achterdochtig naar. Het was misschien alcoholvrij, maar het leek opvallend goed op een echte pint.

'Nee toch, er was nog het overlijden van Mary en dan was er nog Celia en dan...'

'Oké, Reg, was bij manier van spreken.'

'Ik hou wel van een goed mysterie,' zei Slim.

'Heb gehoord dat u privédetective bent', zei de vrouw. 'Hebt u uw oog op iemand laten vallen?' Ze knipoogde en barstte dan in een hinnikende lach uit terwijl ze op de rand van de bar sloeg met een hand.

'Junes man heeft haar verlaten', zei Reg. 'Pas maar op. Ze pakt wie ze kan krijgen.'

'Vergeet het maar!' zei June. En tegen Slim zei ze: 'Luister maar niet naar hem. Hij weet de helft van de tijd niet wat er gaande is.'

Slim glimlachte en liet de grapjes een tijdje voortkabbelen. Het was snel duidelijk dat Reg een vaste klant was, het soort dat er altijd was en dat een café hielp overleven tijdens de lange, donkere winter. Na een half uur kwam een koppel van middelbare leeftijd binnen. Ze gingen aan een tafeltje aan de verste kant van de bar zitten en bestelden iets te eten waar June een tijdje mee bezig bleef. Slim dronk van zijn naar metaal smakende pint water met biersmaak en knikte terwijl Reg verhalen vertelde over het boerenleven die zo makkelijk te vergeten waren dat Slim, toen Reg aan een nieuw verhaal begon over een kapotte tractor, zeker was dat hij het al eens eerder gehoord had.

Uiteindelijk kwam het gesprek, zoals hij gehoopt had, weer op Amos Birch.

'Weet je, ik was iets jonger, maar we gingen naar dezelfde lagere school. Er was er een in Boswinnick, maar die is er niet meer nu. Ik ging naar het middelbaar in Liskeard, maar Birch zat daar niet op school. Sommigen zeiden dat hij een beetje eigenaardig was, snap je, maar in die tijd moest je zo lang niet naar school. Zijn vader beheerde de Worthboerderij en had zijn hulp nodig. Toen de oude Birch stierf, kreeg hij de boerderij. Velen waren er niet blij mee toen Celia die verkocht. Er werd gezegd dat er volgens het Domesday Book toen al Birches op de Worthboerderij woonden. Ze heeft hun nalatenschap verpatst, dat kind.'

'Waarom?'

Reg zuchtte. 'Tja, wie weet? Ze was hier niet erg geliefd om de een of andere reden. Stadsmensen zoals jij zouden zeggen dat ze hier niet paste.'

Slim had nog vragen, maar Reg dronk het laatste vierde van zijn pint leeg en kwam overeind.

'Zo, ik ben klaar. Goedenavond nog.'

Slim keek hem na toen hij naar buiten ging. Achter hem kaartten de twee mannen verder. June was klaar met eten bedienen en zag er verrast uit toen ze zag dat Reg weg was.

'Hij is net vertrokken', zei Slim.

June fronste. Ze wilde net iets zeggen toen een stoel over de vloer schraapte en de getatoeëerde man overeind kwam. Slim luisterde naar zijn voetstappen die de bar naderden en zijn zesde zintuig uit het leger merkte spanning op, een dreiging.

Hij bewoog zich niet toen de man naar hem toe leunde. Een lauwe bieradem kietelde zijn oor.

'Pas op dat je niet te veel vragen stelt', zei de man. 'Sommige mensen zullen met plezier antwoorden, maar anderen laten het verleden liever waar het hoort.'

'Michael, hou daarmee op,' zei June zacht.

Slim spande zich op. Zijn legerspieren waren wat slapper geworden in de achttien jaar sinds zijn oneervol ontslag, maar hij kende nog altijd een paar trucjes voor mocht het tot een gevecht komen. Hij wachtte af wat er zou gebeuren. Michael hield zijn dreigende houding nog een paar tellen aan en keerde dan terug naar zijn tafeltje.

Slim dronk de rest van zijn pint uit en stond dan recht. 'Ik ga er maar eens vandoor', zei hij.

June schonk hem een verontschuldigende blik en wenste hem dan een goede avond.

Buiten was het beginnen stormen. De bladeren werden van de hagen gerukt en de regen beukte vanuit het donker op Slims gezicht, waarop hij zich terugtrok als een dier dat aanvalt. Slim trok zijn jas dicht rond zijn nek en zette zich schrap terwijl hij zich afvroeg wat het cafébezoek hem had opgeleverd - als het iets had opgeleverd.

De lichten van de B&B waren zichtbaar geworden door een groepje bomen heen toen Slim even halthield. Een regelmatig getik was hoorbaar boven de wind.

Rennende voeten.

Slim vervloekte zijn trage reacties. De nieuwkomer was te dicht om nog te gaan schuilen; zijn silhouet zou zichtbaar zijn tegen de grijze lucht voor iemand wiens ogen zich aan het donker hadden aangepast.

Hij draaide zich om, zijn vuisten in de aanslag, en wachtte op de aanval van Michael. Hij hoopte dat hij geen tijd had gehad om ondertussen een wapen te vinden.

Uit een vrouwelijk silhouet dat strompelend halthield achter hem ontsnapte de zucht van een vrouw.

'Slim?'

'June?'

Haar hand raakte zijn schouder. 'Slim, ik heb niet veel tijd. Ik moet snel terug. Ze denken dat ik in de keuken ben. Ik wilde me gewoon verontschuldigen voor Michael.'

'Ik heb al erger meegemaakt.'

'Normaal is hij niet zo. Het is gewoon... hij was samen met Celia. Je weet wel, toen.'

'Wanneer toen?'

'Toen Amos verdween. Michael was Celia's vriendje toen.'

'En wat doet dat ertoe?'

'De verdwijning van Amos... ze waren verloofd toen, maar nadien heeft ze de verloving verbroken en hij is dat nooit te boven gekomen.'

14

SLIM SLIEP SLECHT. Hij woelde in zijn bed terwijl beelden van flitsende messen in het donker hem in de vroege uren wakker hielden.

Nadat hij mevrouw Greyson een goedemorgen gewenst had, wandelde hij de straat uit tot de andere kant van het dorp en dan langs een kronkelend pad naar een heuveltop dat zicht op Penleven bood. Daar had hij een zwak bereik met zijn gsm.

Na een paar minuten begon zijn telefoon te zoemen door een gemiste oproep van Kay. Slim belde terug.

'Kay. Wat heb je voor me?'

'Ik zal maar niet vragen waar je nu weer in beland bent, Slim.'

'Was er een boodschap in de brief?'

'Ja.' Kay kuchte. *'"Charlotte, je tijd is voor eeuwig. Ik zal op je wachten, altijd."* Er is nog een tweede regel, maar die is zo goed als onleesbaar. Eigenlijk weet ik zelfs niet zeker of het iets is. Het zijn een reeks streepjes die gewoon een onderstreping kunnen zijn. Bij het begin staat een woord dat lijkt op "amser". En in het midden staat een woord dat lijkt op "puppy", maar dat is alles. Op het einde staat nog een initiaal dat ik niet helemaal kan ontcijferen doordat het papier licht beschadigd is. Het lijkt op een A.'

Slim sloot zijn ogen en knikte. 'Goed gewerkt. Is er nog iets wat je me kan geven?'

'Ik zal alles scannen voor je en opsturen met de post. Ik wil het origineel nog even houden als dat oké is. Ik heb een vriend die bij de forensische recherche werkt en misschien iets meer kan vertellen over hat papier. En het is natuurlijk met de hand geschreven. Je kan het misschien identificeren als je het vergelijkt met het handschrift van verdachten.'

Slim bedankte Kay en haakte in. Hij tintelde van opwinding; het was bijna genoeg om terug te keren naar de Crown om het te vieren. *Niet aan denken*, vermaande hij zichzelf. De heldere geest van een geheelonthouder bleek erg nuttig.

In plaats van antwoorden, had hij alleen maar meer vragen en een ervan was dringender dan de rest.

Wie was Charlotte?

15

'MICHAEL? Bedoelt u Michael Polson? Ja, die ken ik. Hij komt af en toe naar de winkel.' De winkeluitbaatster, wier naam mevrouw Waite is, zo was Slim ondertussen te weten gekomen, ging verder met inpakken voor Slim. 'Verder nog iets, meneer... eh...'

'Hardy.'

'Meneer Hardy?'

'Dat is voorlopig alles. Weet u waar ik Michael kan vinden?'

'Op café, vermoed ik. Hij is een beetje ruig aan de buitenkant, als u weet wat ik bedoel.'

'Ja, dat weet ik. En behalve op café, waar kan ik hem nog vinden?'

'Ach, zo. Wel, ik denk dat u het meeste kans maakt bij Lodge, aan de rand van de heide. Hij werkte vroeger op de Worthboerderij, maar is naar Lodge overgestapt toen Amos verdween.'

'Lodge?'

'De Lodgeboerderij. De eigenaar heet Peter Enthwhistle, maar die is te oud om nog veel buiten te komen tegenwoordig.'

'Dank u.'

'Mag ik vragen waarom u naar hem op zoek bent?'

Slim glimlachte. Achter haar ogen zag hij de roddelmotor al warm lopen. Het was niet onwaarschijnlijk dat mevrouw Greyson hier al van af zou weten tegen dat hij terug was.

'Oh, het is niets belangrijks, hoor', zei hij. 'Ik zal hem wel spreken als ik hem zie. Het spijt me, maar ik heb een vreselijk richtinggevoel. Wilt u zo vriendelijk zijn de weg naar de Lodgeboerderij op te schrijven voor me?'

'Tuurlijk.'

Mevrouw Waite scheurde een vel papier van een blocnote en krabbelde een paar regels neer, aangevuld met een eenvoudige kaart.

'Dank u wel, dat is erg vriendelijk van u.' Slim aanvaarde het papier, keek er terloops naar en vouwde het dan netjes op en schoof het in zijn zak.

'Bedankt voor uw hulp', zei hij terwijl hij naar de deur liep. Hij stopte toen de deur half open was en draaide zich om. 'U kent toevallig niemand die Charlotte heet?' vroeg hij.

Mevrouw Waite fronste. 'Ik herinner me niemand met die naam.'

'Iemand die hier vroeger gewoond heeft?'

Mevrouw Waite schudde haar hoofd. 'Ik vrees van niet.'

'Maakt u zich geen zorgen.'

Hij keerde terug naar de B&B. De deur was open

zoals meestal het geval was op dit uur, dus ging hij naar binnen en riep mevrouw Greyson. Vanuit de woonkamer hoorde hij het zachte geroezemoes van de tv, de onzinnige uitroepen van een kookprogramma.

Slim tikte zacht op de deur. 'Mevrouw Greyson... ik wilde even vragen hoelaat de post komt... ik verwacht iets.'

Er kwam geen antwoord. Slim opende de deur stil en zag mevrouw Greyson zacht snurkend, onderuitgezakt in haar leunstoel. Er stond een leeg glas op een bijzettafeltje; ernaast stond een fles porto van een goedkoop merk.

Slim wilde de fles instinctief vastnemen, maar trok zijn hand terug met gebalde vuist en dwong haar in zijn jaszak om niet in de problemen te raken. Zijn andere hand kneep steeds harder in de deurpost.

Blijkbaar hield mevrouw Greyson ook wel van een glaasje. Slim keek even naar de klok boven de schouw, een complexe, stalen klomp zonder de finesse van de klok die hij gevonden had op de heide.

2.15 uur.

Hij ging naar buiten en deed de deur behoedzaam achter zich dicht. Als mevrouw Greyson in het midden van de dag wilde dronken worden, dan was dat haar zaak.

Terwijl hij weer naar buiten ging, dit keer naar de bushalte, vroeg hij zich af of hij voor zijn bestwil niet wat te nauw betrokken raakte in de verdwijning van Amos Birch. Het was tenslotte al meer dan twintig jaar geleden. Wat kon hij in godsnaam ontdekken dat de politie gemist had?

Hij was al meer dan eens roekeloos genoemd in zijn gammele carrière als privédetective. Hij was het beroep in gesukkeld door een gebrek aan betere opties en hij had gemerkt dat hij een soort laterale manier van denken had waardoor hij de kunst kende om een situatie te doorzien. Maar sinds hij gestopt was met drinken, was hij een beetje van zijn scherpzinnigheid kwijt en de verleiding om weer te gaan drinken, was een praatgrage stem in een stille kamer.

16

PLYMOUTH WAS EEN BRUISENDE, historische stad waar het nog best druk was toen Slim net over 5 uit de bus stapte. Hij stapte snel door de shoppingzone en arriveerde precies een half uur voor sluitingstijd bij het stadhuis. Een nogal slechtgezinde bediende bracht hem naar het kantoor van het huwelijksregister, waar een andere bediende al even gefrustreerd leek doordat hij zo laat nog iemand moest helpen.

'Vertel het me nog eens opnieuw', zei de bediende, een vrouw van middelbare leeftijd met een stoïcijns gezicht en de gewoonte om aan de linkerbrilveer van haar ouderwetse bril te trekken, wat ervoor gezorgd had dat haar bril een beetje schuin op haar neus stond.

'Ik probeer een oude vriendin op te sporen', zei Slim. 'Ik denk dat ze ondertussen getrouwd is.'

'Wat zijn de recentste gegevens die u hebt?'

'Celia Birch van de Worthboerderij, Trelee, Bodmin, Cornwall.'

'Een momentje a.u.b. Ga maar zitten.'

Slim bladerde een tijdje in een tijdschrift over hengelen en toen riep de bediende hem.

'Het spijt me, meneer, maar ik vind niets. Niemand met die naam heeft een huwelijk laten registreren in dit district.'

'Oké, geen probleem.'

'Sorry dat ik u niet kon helpen.'

'Toch bedankt.'

Slim ging weer naar buiten. Het shoppingcenter van Plymouth was aan het sluiten en er begonnen bars open te gaan. Slim duwde zijn handen in zijn zakken en liep met hangend hoofd voorbij de lonkende lichten. Het was de eerste keer in lange tijd dat hij een soort leegte voelde, een gevoel van afwezigheid, alsof er een stuk van hem leeg was en gevuld moest worden. Ooit was drank de oplossing geweest om dat gevoel van falen te verdrijven; iets wat een reeks van korte liefdesrelaties niet had kunnen voor mekaar krijgen. Nu hij in de zaak van de verdwijning van Amos Birch gedoken was, stond hij weer voor dat baken van ramspoed.

Hij had er zich aan vastgeklampt omdat het hem iets gaf waar anders niets was, maar nu opende het gat zich, het gaapte hem aan en trok hem erin.

Op het einde van de straat stopte hij voor de deur van het laatste café. Na even te aarzelen, duwde hij de deur open en ging naar binnen.

'WAT IS ER met u gebeurd, meneer Hardy?'

Slim wreef in zijn ogen. 'Ik denk dat ik aangereden ben door een auto.'

'Bent u het zeker? Wilt u dat ik iemand bel voor u?'

Slim schudde zijn hoofd en kromp ineen door de pijn in zijn nek. Hij herinnerde zich dat hij klappen geïncasseerd had, zoals wel eens gebeurde in zijn dagen in het leger, maar dat was een even stom idee gebleken als het nu voelde met een kater die de binnenkant van zijn schedel leek uit te houwen.

Alleen een arts zou kunnen oordelen of de klappen meer schade hadden toegebracht dan het tafelblad dat zijn val gebroken had, maar nu had hij griezelig symmetrische, paarse cirkels onder zijn ogen terwijl zijn gescheurde lip, veroorzaakt door een tweede belager, alleen leek te bestaan om hem ervan te weerhouden te glimlachen om de absurde situatie.

'Ik zou ook willen vragen dat u mij als u van plan

bent laat terug te keren, vooraf inlicht', voegde mevrouw Greyson eraan toe.

'Ik... eh, heb gewoon een ochtendwandelingetje gemaakt', zei Slim. 'Om mijn hoofd leeg te maken.'

'Wel, u hebt de deur niet gesloten.'

'Ah, Sorry.'

'Wilt u ontbijt?'

'Kan ik het meenemen naar mijn kamer? Ik heb niet echt zin in gezelschap.'

Ook al leek hij nog steeds de enige gast in de B&B te zijn, zuchtte mevrouw Greyson. 'Normaal gezien zou ik nee zeggen, maar voor u, meneer Hardy, wil ik een uitzondering maken. Voor een keer.'

Hij wachtte terwijl ze een plateau klaarmaakte; herinneringen aan de avond voordien begonnen langzaam terug te komen. Wat hij gezegd of gedaan had om het gevecht te starten, bleef een mysterie, en het feit dat er geen schaafwonden op zijn knokkels zaten, wees erop dat het van een kant had gekomen. De bank in het park waarop hij geslapen had, had acute stijfheid in zijn rug veroorzaakt en op de een of andere manier had hij de zool van zijn linkerschoen half afgescheurd.

De vroege bus van Plymouth naar Camelford had hem naar de A39 vlakbij het eindpunt in Penleven gebracht en na een wandeling van een uur langs kronkelende paden was hij ontnuchterd. Het eten was met minder zorg bereid dan anders, maar de koffie was een donkere poel van duidelijkheid, dus dankte hij mevrouw Greyson en vertrok naar boven met zijn plateau.

Hij wilde in zijn bed kruipen en sterven, maar eerst

moest hij iets nazien. Hij had alle artikels die hij over de verdwijning van Amos had gelezen, gefotografeerd en nu overliep hij ze, want hij was overtuigd dat de informatie die hij nodig had er ergens in stond.

Merrifield.

De geboortenaam van Mary Birch.

Het was een simpele manier om aandacht te ontlopen, maar niet onverwacht wanneer je moeder veel langer leefde dan je vader.

Slim nam het telefoonboek dat hij geleend had van de tafel in de gang en daar was ze.

Merrifield, C., Parkwood Close, Tavistock, Devon.

Ze was helemaal niet ver weggetrokken, maar wanneer gemeenschappen zo hecht zijn, is dertig kilometer als de andere kant van de wereld.

Tevreden dat het gevecht de ideeën in zijn hoofd voldoende dooreengeschud had om een nieuw spoor te vinden, dronk Slim zijn bittere, lauwe koffie en kroop in bed.

18

'Ik ben wel zeker dat ik daar niets mee te maken heb', zei Michael, geleund op een spade met zijn blote armen nat van het zweet ondanks de koude februaridag. 'Hoewel ik het wel overwogen heb die avond.'

'Ik heb een aanvaring gehad met een betonplaat', zei Slim. 'Ze was niet blij me te zien.'

'Ik ben ook niet blij je te zien. Wat wil je?'

Slim tuurde over het veld naar de heuveltop van Rough Tor in de verte.

'Dit zal nogal opdringerig klinken, maar ik wil je een paar vragen stellen over Amos Birch.'

'Nogal opdringerig? Wie denk je wel dat je bent?'

'Ik ben privédetective en onderzoek de verdwijning van meneer Birch.' Zodra de woorden uit zijn mond waren, voelde Slim een opwelling van schaamte omwille van zijn poging om autoritair te klinken. Michael die er duidelijk niet inliep, schudde zijn hoofd.

'Privédetective, zeg je? Dus dan heeft er je iemand ingehuurd? Wie mag dat wel zijn?'

'Als je niet met me wil praten, is het oké. Maar als je niets te verbergen hebt, is er toch geen probleem, hé?'

Michael gooide de spade aan de kant en beende over naar Slim die op een hek leunde.

'Waarom donder jij niet op?' zei hij.

Slim hield vol. 'Heb jij hem vermoord, Michael?'

Michael balde zijn vuisten. 'Je hebt wel lef om me dat te vragen.'

Slim dacht aan de ogen van jonge soldaten nadat ze een vijand gedood hadden en hoe ze glazig werden als je tegen hen praatte doordat een gedeelte van hun geest voor altijd ergens anders was, kijkend in de loop van een geweer naar een gekleurde spat achter een uiteenspattend hoofd, of een bundel lompen die op straat ligt.

Michaels ogen blonken van kwaadheid, maar er was geen schuld. Slim wilde de mogelijkheid dat hij het verkeerd had niet onder ogen zien, maar hij zag geen moord in de ogen van Michael.

'Heb je het gedaan?'

'Ik heb er niets mee te maken.'

'En hoe zit het met Celia?'

'Wat is er met haar?'

'Kende je haar goed? Denk je dat zij iets te maken had met de verdwijning van haar vader?'

Michaels gezicht was als een donderwolk. Hij keek Slim vol onverholen haat aan, maar er was meer: spijt.

'Je zou je beter niet met anderen bemoeien. We

hebben types als jij die het verleden weer opgraven hier niet nodig.'

'Wat valt er op te graven, Michael? Het skelet van een oude man?'

Michael trok een nors gezicht. 'Het was bij manier van spreken. Als je me nu met rust wil laten, ik heb nog werk te doen.'

Slim keerde terug naar zijn fiets die in de berm lag en liet Michael verderwerken aan het herstellen van een stenen muur naast een draaikruis. Toen hij zijn fiets opraapte, draaide hij zich even snel om, snel genoeg om te zien dat Michael net hetzelfde deed.

Hij had geen moord gezien in de ogen van Michael, maar genoeg om zeker nog eens met hem te praten.

19

NADAT HIJ BIJ Michael vertrokken was, nam Slim de bus naar Tavistock, waar hij naar Parkwood Close ging. Het huis van Celia stond op een heuvel samen met andere huizen uit de jaren zestig. Het was er architecturaal niet zo mooi als het oudere deel van de stad, maar het was best lieflijk. Het was te smal om veel verkeer toe te laten en er was een lommerrijk park aan de overkant van de straat.

Slim kocht een krant in een plaatselijk winkeltje en ging op een bank zitten die hem door de bomen heen zicht bood op Celia's voordeur. Hij overliep doelloos de roddel- en voetbalpagina terwijl hij wachtte tot ze zou verschijnen.

Toen hij na een uur nog niemand gezien had en bijna klaar was met de weinige interessante artikels verlegde hij zijn aandacht naar het toenemende getril van zijn handen. Hij keek op zijn horloge. Halfzes. Het was bijna laat genoeg om aanvaardbaar te zijn, dus gaf

75

hij toe aan zijn gehunker en keerde terug naar het winkeltje. Een fles zou wel genoeg zijn, misschien, om hem nog een paar uur alert te houden en als hij voorzichtig was, was het misschien genoeg tot bedtijd.

Hij was halverwege - hangend hoofd, handen in zijn zakken en met een nerveuze radeloosheid - toen hij bijna tegen een vrouw botste die de andere kant uitsnelde.

'Oh, sorry.'

De vrouw keek even en liep dan rond hem met afgewende blik, waarna ze haar pas versnelde.

Slims hart maakte een sprongetje. De leeftijd klopte ongeveer. Zo ook het soort sluimerende, maar verweerde aantrekkelijkheid die ooit de aandacht van mannen getrokken kan hebben. Voor hij zich kon inhouden, flapte hij eruit: 'Celia. Wacht.'

Ze stopte net lang genoeg dat het duidelijk was dat zijn buikgevoel juist was. Ze gluurde even achterom, schudde haar hoofd en haastte zich dan weg. Slim dacht eraan hoe hij eruit moet zien: uitgemergeld, met twee blauwe ogen, in gehavende kleren en vuil.

'Celia… mevrouw Birch—wacht, alstublieft. Ik heb geen kwade bedoelingen.'

Ze zette nog een paar passen en stopte dan. Ze ademde diep in, alsof een gesprek met een vreemde een zeldzame gebeurtenis was, draaide zich traag om en keek dan op. Haar muisbruine bobkapsel was scherp geknipt en deed een schaduw vallen op haar hoekige gezicht dat geen rimpels leek te hebben tot ze haar hoofd wat optilde en er een straatlicht op scheen. Haar rusteloze ogen bewogen van de straat naar de heuvel en weer naar Slims ogen.

'Wat is er? 'Hoe kent u mijn naam?'

'Mevrouw Birch… ik wilde u niet ongerust maken, maar… mijn naam is Slim Hardy. Dit zal stom klinken, maar ik ben privédetective. Ik ben op zoek naar uw vader.'

Ze fronste en hield haar hoofd schuin. 'Waarom?'

'Luister, kunnen we even praten?'

'Nee, dat denk ik niet.' Celia draaide zich om en liep verder.

'Mevrouw Birch—wacht!'

'U valt me lastig', riep ze hem over haar schouder toe. 'Denk maar niet dat ik de politie niet zal bellen.' Om haar waarschuwing kracht bij te zetten, zwaaide ze met een gsm terwijl haar hakken klakten op het trottoir.

Slim aarzelde. Hij had al eens kort de binnenkant van een gevangeniscel gezien en was niet van plan om de binnenkant van een andere cel te zien. Soms gebeurden bepaalde dingen als camera's niet aanstonden. Soldaten haatten geweldplegingen onder elkaar en vergeldden dat op hun eigen speciale manier. Soms werd hij 's nachts nog wakker door de herinnering aan de slag van de tuinslang tegen de achterkant van zijn benen, maar dit kon wel eens zijn enige kans zijn. Als Celia ervandoor ging, kon het zijn dat hij haar nooit meer zou vinden.

'Mevrouw Birch… Ik wil weten wat er met uw vader, Amos, gebeurd is.

Celia flapperde met een hand over haar schouder.

'Hij heeft ons laten zitten, dat is alles. Zoiets gebeurt toch elke dag?'

Slim deed zijn best om haar bij te houden, want ze versnelde haar pas weer.

'En ik wil ook meer te weten komen over Charlotte.'

Celia hielt met een ruk halt, Slim botste bijna tegen haar op. De tas die ze droeg, viel uit haar hand, haar telefoon uit de andere.

In de verte begon een sirene te loeien. Celia stond stil, haar handen langs haar zij, en keek naar de lucht. Toen ze zich omdraaide, realiseerde Slim zich dat het geluid geen sirene was. Met haar tanden op elkaar geklemd, schopte Celia een schoen uit, raapte hem op en rende op hem af met de schoen opgeheven alsof het een knots was.

'Celia...' begon Slim, maar het was te laat. Het harde, vlakke gedeelte op het uiteinde van Celia's schoen zwaaide op hem af.

20

'IK BEN LANG in het leger geweest', zei Slim terwijl hij Celia haar schoen teruggaf en zij rechtop ging zitten in het gras en het stof van haar blouse veegde. 'Het is al bijna twintig jaar geleden, maar we werden daar goed gedrild. Spiergeheugen. Als u dat met een vuurwapen had geprobeerd, had ik uw arm gebroken.'

'Wilt u dat ik u bedank?'

Slim werd stil. Hij keek naar een klompje bladeren van narcissen - nog een paar dagen voor de bloemen openkwamen - terwijl ze meewiegden met de wind.

'Ik weet niet wat ik wil', zei hij. 'Ik weet zelfs niet waarom ik hier ben, om eerlijk te zijn.'

'Waarom bent u hier dan?'

Slim fronste. 'Het is als een verslaving, hé? Het is niet anders dan met drank. Eens ik begin, kan ik niet meer stoppen. Ik moet doorgaan tot het bittere... of zoete einde.'

'En mijn vader is uw nieuwste stokpaardje? Uw

vakantiemysterietje? Echt, de meeste mensen gaan gewoon naar het strand.'

'Ik bruin niet goed. Regen en kou passen beter bij mij.'

Voor het eerst verscheen er een zweem van een glimlach om Celia's mond.

'Ja, bij mij ook.' Ze zuchtte en trok haar schoenen weer aan. 'U hebt dus in het leger gezeten? Waarom bent u er weggegaan?'

'Ik ben er niet weggegaan. Ze hebben me buitengegooid. "Oneervol ontslag" was het mooie etiket. Ik heb iemand proberen te vermoorden.'

'Is dat dan niet de bedoeling?'

Slim haalde zijn schouders op. 'Dat hangt van de omstandigheden af. In dat geval niet. Ik heb alles gedaan wat ze vroegen, heb een tijdje gezeten en kwam uiteindelijk weer achteraan in de rij werklozen terecht. Als je van drinken houdt, is het echter niet eenvoudig om een job te houden, dus, dacht ik, dan gebruik ik maar wat ik in het leger geleerd heb om als privédetective aan de slag te gaan.'

'Er is niet veel "privé" aan...'

Slim grimaste. 'Bij mijn laatste zaak heb ik wat problemen gehad, zowel met de betrokkenen als met de politie. Dus was het de bedoeling dat ik weer op mijn plooi kwam tijdens deze vakantie, maar ik kan niet gewoon stilzitten en tv kijken, of op de heide wandelen. Ik ben gewoon zo niet. Na een tijdje begint alles er hetzelfde uit te zien.'

'Mijn vader zou erg kwaad geweest zijn dat u dat

durft te zeggen over de heide. Hij hield er enorm van om aan de rand van dat slijkerige gat te wonen.'

'Uw vader, juist. Toen ik over zijn verdwijning hoorde, raakte ik gefascineerd. Ik vrees dat ik vragen gesteld heb die niet allemaal welkom waren. Maar ik dacht, aangezien ik de meeste inwoners van Penleven al kwaad gekregen heb, waarom niet voor de jackpot gaan en ook u proberen kwaad te krijgen.'

'Wel, u bent erin geslaagd.'

Er brandden honderden vragen op het puntje van Slims tong, maar hij herinnerde zich iets dat een oude vriend uit het leger, die in de Golfoorlog als ondervrager gewerkt had, hem ooit gezegd had: soms is stilte je beste wapen. Vragen zijn als projectielen: ze doen mensen meteen dekking zoeken. Hou je stil, geef ze tijd en meestal zal je doelwit zich laten zien.

'Wat is er eigenlijk zo interessant aan mijn vader?' vroeg ze ten slotte en Slim glimlachte even bij zichzelf.

'Alles. Mensen verdwijnen niet zomaar. Ze gaan altijd ergens heen. Ze vallen in een gat en sterven, of ze gaan ervan door en veranderen hun identiteit.'

'Wat hij ook gedaan heeft, hij heeft het goed gedaan. Wilt u echt weten wat er gebeurd is? Hij is ervandoor gegaan, de nacht in, en is nooit teruggekeerd. We hadden geen idee dat dat ons te wachten stond, geen flauw vermoeden. De politie heeft elke centimeter van de heide uitgekamd, maar ze hebben geen spoor van hem gevonden. Een paar voetafdrukken, dat is alles, maar ze zijn zijn spoor bijster geraakt een paar honderd meter voorbij ons huis. Zodra je wat verderaf bent van de stroom is er geen slijk meer, alleen nog van dat verdomd veerkrachtige gras, kilometers ver.'

'En wie is nu Charlotte? Waarom is die naam zo triggerend dat u me wilde aanvallen?'

Celia's gezicht werd somber. 'Waar hebt u die naam gehoord?'

'Zoals ik al zei, ik heb veel mensen kwaad gemaakt.'

'U liegt.'

'O ja?'

Celia keek kwaad naar hem en wendde dan haar blik af. 'Charlotte was mijn dochter.'

'Was?'

Celia keek op en staarde Slim aan met tranen in haar ogen. 'Houden we dat potje niet beter gedekt? Wat u vindt, zal u niet bevallen.'

'Het is te laat.'

Celia schudde haar hoofd. 'Het is nooit te laat. U zou beter vertrekken, nu het nog kan. Dit achtervolgt mij, Slim. Het zal u ook achtervolgen.

21

Tot Slims ontgoocheling was Celia, die beweerde als verpleegster te werken, enkel op weg naar huis om zich voor te bereiden op een nachtdienst. Aangezien hij zelf weigerde in te gaan op waar hij de naam Charlotte gehoord had, wilde ze Slim geen verdere details geven. Ze ging er wel mee akkoord om hem het volgende weekend te ontmoeten.

Om ervoor te zorgen dat hij het dichtstbijzijnde café niet binnenging, nam hij de avondbus terug naar Penleven, stapte af in het donker bij een halte een kilometer voor het dorp.

Toen hij binnenkwam, stond mevrouw Greyson in de gang te wachten, maar in plaats van hem zoals gewoonlijk een standje te geven omdat hij laat was, stak ze een pakketje naar hem uit.

'Het spijt me echt... dit is gisteren voor u toegekomen. Ik ben niet gewoon post te krijgen voor gasten. Ik vrees dat ik het per vergissing geopend heb.'

Ze keek hem niet in de ogen toen hij het aannam en zodra het uit haar handen was, draaide ze zich om en trok ze zich terug in de keuken, waar ze zich bezighield met afwassen.

Het pakketje was van Kay. Slim nam het mee naar zijn kamer en sloot de deur achter zich. Er zat een kleurenkopie van het briefje in, samen met een getypte brief van Kay waarin hij uitlegde wat hij vond van de inhoud ervan.

Toen hij die omdraaide, zag hij dat er een vouw in zat aan een kant. Die had niets te maken met de manier waarop de brief gevouwen was, maar leek meer een indruk in het oppervlak. Fronsend hield hij de brief onder de lamp in de hoek; hij hield hem dicht bij het licht en dan schuin tot de vouwen zichtbaar werden als vage schaduwen.

Aan elke kant zaten vingerafdrukken op een derde van de bovenkant. Mevrouw Greyson, die duidelijk niet bedreven was in mensen misleiden, had hem grondig gelezen en dan teruggestopt.

Slim las het briefje opnieuw en stak het dan weer in de envelop. Misschien had mevrouw Greyson de cryptische boodschap begrepen. Dat kon de oorzaak geweest van haar plotse dronken bui.

De tv speelde in de woonkamer toen Slim de trap afliep. In zijn hoofd overliep hij een aantal variaties van het op stapel staande gesprek, dan ademde hij diep in en tikte zacht op de deur.

Toen er niet werd geantwoord, opende hij haar op een kiertje terwijl hij zich afvroeg of mevrouw Greyson opnieuw uitgeteld in haar leunstoel zou liggen.

De woonkamer was echter leeg.

Slim voelde zich als een dief in de nacht toen hij door de kamer sloop en even in de privé-eethoek gluurde die verbonden was met de keuken en toegang gaf naar het restaurant voor de gasten.

Geen spoor van mevrouw Greyson. Er stond een half leeggedronken kopje thee op het aanrecht en er lag een opengeslagen woon- en interieurmagazine bij alsof ze halfweg een artikel opgestaan was en vertrokken.

Slim keerde terug naar de gang. Hij wilde zich omdraaien om weer naar boven te gaan toen hij schrok van de deur die klapperde.

De grendel was opengeschoven, waardoor hij klepperde in de wind.

De laarzen van mevrouw Greyson waren weg, maar haar handtas hing waar ze altijd hing, aan de paraplubak naast de deur.

Als ze beslist had om naar buiten te gaan, dan had Slim daar geen zaken mee, maar terwijl hij de trap opliep, bedacht hij hoe ongewoon dat wel was.

In de kleine maand dat hij al in de B&B verbleef, had hij nooit meegemaakt dat mevrouw Greyson 's avonds naar buiten ging.

Geen ene keer.

22

———

Slim forceerde een glimlach. Zijn tot moes geslagen gezicht zou gelukkig verdoezelen dat hij laat opgebleven was om op mevrouw Greyson te wachten. Hij was net voorbij twee uur in slaap gevallen, maar als ze vroeger teruggekeerd was, was ze heel stil geweest. Ondanks haar verondersteld tekort aan slaap, was ze niet prikkelbaarder dan anders.

'Het heeft vannacht blijkbaar nogal geonweerd,' zei hij, hopend haar uit haar tent te lokken over haar afwezigheid. 'Het raam klapperde in de wind. Het hield me uit mijn slaap.'

Haar hele bovenlijf trilde, als een vogel die zijn veren poetst. 'Ik zal meteen iemand laten komen om het te herstellen', zei ze.

'Het is geen probleem...' begon Slim, maar mevrouw Greyson stak een hand op om aan te geven dat de zaak afgehandeld was.

'Gaat u vandaag weg, meneer Hardy?'

Slim glimlachte. 'Ik dacht te gaan wandelen op de heide.'

'Er wordt regen voorspeld', zei mevrouw Greyson.

'Zoals altijd, dus. Ik zal voorzichtig zijn.'

Buiten probeerde hij met zijn beperkte opsporingsvaardigheden eventuele sporen te vinden die ze gemaakt had, maar behalve een enkele afdruk van een laars in wat slijk dat zich in een putje langs de trap vooraan had gevormd, was er niets en hij gaf het snel op. Er zou wel een eenvoudige verklaring voor zijn. Hij herinnerde zich dat ze over een bridgeclub gesproken had, dus misschien kwam ze elke maand of zo samen met alle andere roddeltantes om te overlopen welk nieuws er was in het dorp.

De regen die mevrouw Greyson voorspeld had, roffelde als vingers op een vensterbank tegen dat Slim bij de bushalte beland was. Toen hij een paar uur later in Liskeard uitstapte, was het veranderd in een aangenamere mist, net genoeg om zijn kleren kletsnat te houden en zijn moreel laag, maar niet genoeg voor Slim om de paraplu te missen die hij niet meegebracht had.

Liskeard Comprehensive Secondary School was gemakkelijk te vinden en de valse BBC3-personeelskaart die om zijn nek hing, voelde nog even wennig als de vorige keer dat hij haar gebruikt had om informatie los te peuteren. Hij wachtte tot de rijen kleine hoofden door de ramen verraadden dat de lessen begonnen waren, waarna hij op de hoofdingang af stapte.

Scholen waren anders dan in zijn schooltijd, ontdekte hij. Een slot en een bel aan de poort betekenden dat hij het doel van zijn bezoek op moest geven in een microfoontje en zijn identiteitsbewijs moest laten zien voor hij binnengelaten werd.

Er stond hem een receptioniste op te wachten. 'Meneer Lewis?'

'Noem me maar Dan', zei Slim terwijl hij even nonchalant op zijn vals identiteitsbewijs tikte.

'U wilde met iemand praten over een zekere meneer Amos Birch?' zei ze en keek toen op van een handgeschreven briefje.

'Ja, excuseer me voor het onverwachte bezoek. Het was een soort ingeving van me om langs te komen. Ik twijfel heel sterk of iemand me überhaupt kan helpen, dus waardeer ik het ten zeerste dat u even tijd voor me maakt.'

'Met plezier, hoor. U bent dus van de BBC?'

'Ik doe vooronderzoeken voor documentaires bij BBC3', zei Slim en hij hoopte dat het jargon haar achterdocht zou doorbreken. 'Ik ga de mogelijkheid na om een film te draaien over de verdwijning van Amos Birch, de beroemde, lokale klokkenmaker die op Bodmin Moor gewoond heeft. Hij kwam hier naar school. Ik neem aan dat u dat wel weet?'

'Ja, ik... eh... geloof wel...'

'Pas op, ik doe geen onderzoek voor een goedgekeurde film, maar ik tast even af of er genoeg materiaal is om eventueel in zo'n film te investeren.'

'Excuseert u me terwijl ik snel even iets naga.'

De receptioniste sprak in de telefoon. Slim probeerde niet mee te luisteren en concentreerde zich in de plaats op de foto's aan de muur rond de receptie. Een paar sportteams uit langvervlogen tijden, een luchtfoto van de school, een rij grijze pakken met als opschrift *Personeel 2018*. Een paar jongere gezichten glimlachten: nog niet gebroken door de willekeur van het lesgeven; maar de meesten hadden een sombere, harde uitdrukking, zoals soldaten die midden in een lange campagne zaten.

De receptioniste legde de telefoon neer en keek hem aan. 'Het schoolhoofd is op verplaatsing vandaag, maar het plaatsvervangend hoofd, meneer Clair, heeft even tijd voor u.'

'Dank u.'

Ze leidde Slim naar een eenvoudig kantoor waar een gezette, kalende man die sterk op een pad leek, achter een bureau zat. Met zijn worstenvingers tegen elkaar vormde hij een dakje tussen de vette vingerafdrukken op het glanzende formica oppervlak.

Slim stelde zichzelf voor als Dan Lewis van BBC3 en diste dan een achtergrondverhaal van een paar minuten op tot meneer Clair eindelijk een hand opstak.

'Dus u wil meer weten over de schooltijd van meneer Birch, klopt dat?' zei het plaatsvervangend hoofd en hij klonk maar een tikje meer geïnteresseerd dan hij geweest zou zijn als hij het verhaal hoorde over een vechtpartijtje op de speelplaats.

'Ik ben op zoek naar oude klasfoto's, rapporten, om het even wat dat verband houdt met Amos Birch. Mijn baas denkt dat zijn verdwijning een goed verhaal is, maar we hebben niet veel informatie, moet ik toegeven.'

'Dergelijke oude dossiers zullen al gearchiveerd zijn', zei meneer Clair. Zijn stem was onaangenaam zangerig voor iemand met zo'n imposante aanwezigheid. 'Ik kan ze laten opzoeken, maar ik twijfel of u daaruit veel over de man zal te weten komen.'

'Dat is niet het enige waar ik naar op zoek ben', zei Slim. 'Om een documentaire spannend te maken, moet er een dieper verhaal achter zitten. Er moet een sensationeel aspect aan zijn.'

'Ik dacht dat u bij de BBC werkte, niet bij *The Sun*.'

Slim schudde theatraal met zijn vinger die een beetje krom stond van toen er lang geleden een kwade legerbottine op gevallen was.

'Ah, maar het principe is hetzelfde. Amos Birch is een van de prominentste ex-leerlingen van deze school. Het kan gewoon niet dat er geen verhalen over hem de ronde doen.'

'Oh, daar twijfel ik niet aan', zei meneer Clair terwijl hij Slim kil aanstaarde. 'U hebt het over een man die meer dan twintig jaar geleden verdwenen is en toen in de vijftig was. Het zal dateren van de sixties dat hij hier schoolliep, dus is er geen personeel meer dat aan hem lesgegeven heeft.'

'U moet toch iets over hem weten?'

Meneer Clair haalde zijn schouders op. 'Iets, ja. Ik heb de naam een paar keer horen vallen. Ik ben echter niet uit de buurt afkomstig en heb die man dus nooit ontmoet. Ik weet alleen wat ik gehoord heb.'

'Zoals zoveel mensen blijkbaar', zei Slim. 'Meer wisten ze niet. Behalve geruchten ben ik weinig te weten gekomen.'

'Misschien valt er niet meer te vertellen.' Meneer Clair kwam abrupt overeind en de stoel kraakte opgelucht, maar het bureau trilde toen zijn enorme lijf ertegen botste. 'Ik zal vragen aan een bediende om in de archieven te gaan kijken. Als u uw telefoonnummer geeft, laat ik u iemand bellen als we iets vinden.'

Slim zei tegen meneer Clair dat het eenvoudiger was als hij zelf weer contact opnam na een week of zo. Het plaatsvervangend hoofd keek wantrouwig toen Slim verklaarde dat hij ergens verbleef waar het bereik niet goed was, ook al was dat het enige van zijn betoog dat waar was.

Hij vertrok en wist niet zeker of hij meer gekregen had dan nog een paar achterdochtige blikken. Hij vroeg zich af of hij genoeg nieuwe informatie had om te mogen een koffie gaan drinken, of zelfs een uur op café zitten. De school bleek uiteindelijk een doodlopend spoor, maar er was altijd een kans dat er nog iets naar boven kwam in de archieven, al was het maar de naam van een gepensioneerde leraar die zich Amos nog herinnerde als kind.

Het was nog vroeg. Bier zou hem kalmeren, maar van koffie werd hij productiever. Slim herinnerde zich een leuke plek niet ver van de bushalte, maar hij was pas halverwege het parkeerterrein van de school op weg naar de hoofdstraat toen iemand achter hem hem riep.

Er kwam een man van ongeveer dezelfde leeftijd als Slim en met een jongensachtig gezicht op hem afgemarcheerd terwijl hij ondertussen probeerde zijn hemd dat tijdens de achtervolging losgekomen was, weer in zijn broek te duwen. De man kwam met een gretigheid die Slim begreep, in zijn ogen lag de honger naar een paar minuten op tv komen.

'Nick Jones', zei de man en hij stak een hand uit die klam en zacht voelde als van iemand die vond dat boeken rechtzetten op een plank lichamelijke arbeid was. 'Ik ben klassenleraar in jaar acht.'

Slim knikte twijfelend of hij verondersteld werd dit te weten. Hij wachtte tot de man verderging.

'U bent van de BBC, hé? Brenda vertelde in de lerarenkamer dat hier iemand van tv was.'

Slim probeerde niet te glimlachen. 'Dat klopt.'

'Kijk, ik zou dit eigenlijk beter niet zeggen, maar ik heb misschien informatie voor u als u tijd hebt om even te praten?'

De manier waarop de man sprak, alsof hij een e-mail voorlas, werkte Slim op de zenuwen, maar hij knikte enthousiast en haalde een notitieboekje uit zijn zak.

'Wat kan je me vertellen, Nick?'

'Ik heb Amos Birch een paar keer ontmoet. Het is toch over hem dat je informatie wil, hé? Toen ik pas begonnen was.' Hij grinnikte. 'Ik ben ouder dan ik eruitzie.'

Slim weerstond de drang om hem een klap te verkopen. 'Vertel verder.'

'Ik was de klassenleraar van Celia Birch in haar laatste jaar. Je weet wel, zijn dochter. Amos kwam altijd met zijn vrouw mee naar de ouderavonden.'

Slim voelde aan dat hier een aanwijzing in zat, maar toen een bel in de achtergrond luidde, keek Nick Jones over zijn schouder en floot dan tussen zijn tanden, waarna hij gefrustreerd terug naar Slim keek.

'Kan je nu praten?' vroeg Slim.

'Ik vrees dat ik toezicht heb op de speelplaats.'

'Vanavond?'

'Ouderavond.' Nick Jones floot nog eens. 'De verplichtingen houden nooit op.'

Slim keek naar de kalender vooraan in zijn notitieboekje. 'Wat denk je van zondag?'

Nick Jones floot nog eens. 'Da's goed. Dit is mijn nummer. Weet je, er was altijd iets verkeerd met dat gezin', zei hij. 'Het was meer dan "niet helemaal in orde", maar echt helemaal verkeerd. Snap je?'

'Geef eens een voorbeeld.'

'Neem Celia. Braaf meisje, een beetje scherpe tong, maar ze maakte haar taken, leek goed voorbereid op haar eindexamens en plots daagt ze niet meer op. Weg, gestopt.'

'Waarom?'

'Ze werd zestien. Ze mocht vertrekken. Dat was de reden die ze ingevuld heeft op haar formulier om te stoppen, hebben ze me verteld.'

'Maar?'

Nick Jones grimaste ostentatief. Slim bekeek hem en wachtte op de onvermijdelijke bekentenis.

'Over het algemeen zijn het alleen de grapjassen en die die hun tijd verspelen die stoppen, de leerlingen die een onmisbaar inkomen door rekken te vullen, verliezen door te blijven voor hun examens. Maar Celia was zo niet. Ze was slim. Maar de kinderen vertelden van alles natuurlijk. Het vreselijkste eerst.'

'Vertel me wat het allervreselijkste was.'

Nick Jones stak zijn handen in de zakken van zijn

broek ook al was het niet zo koud, waarna hij zijn wangen theatraal opblies.

'Er wordt gezegd dat ze zwanger geraakt was. En dat hij de vader was.'

'Wie?'

Nick keek even achterom alsof hij verwachtte dat een massa leraars verschenen was uit het niets om mee te luisteren naar wat hij zou onthullen. Toen hij verder sprak, was zijn stem diep, samenzweerderig:

'Amos. Haar vader.'

23

CELIA ZAT OP een rots die uitkeek over de heide in de richting van de Jamaica Inn. Ze had zich genesteld in een kloof in de heuvel waar de rust verstoord werd door het razende verkeer op de A38 naar Bodmin. Toen Slim haar langs achteren naderde, zette ze een thermos aan haar lippen en nam een grote teug van een drank die stoom rond haar gezicht deed opkrullen.

'Denk je dat iemand ons zal horen?' vroeg Slim en hij gooide zijn rugzak op de grond en ging dan naast haar zitten terwijl hij over een plek op zijn dij wreef waar hij onzacht met een uitstekende rots in aanraking gekomen was. 'Ik zag een paar verdachte schapen toen ik naar boven kwam. Volgens mij droeg een van hen een microfoontje.'

Celia glimlachte. In haar trekkerskleren die ofwel nieuw, ofwel zelden gebruikt waren, zag ze er helemaal anders uit dan de bittere vrouw die Slim op straat ontmoet had in Tavistock. Ze had haar haar

95

vastgemaakt en het vleugje aantrekkelijkheid was nu meer uitgesproken. Ze was ouder, wijzer en lustelozer, maar je kon in de zachte lijnen van haar gezicht nog steeds het gezicht zien van een vrouw die ooit in staat was mannen weg te lokken van bij hun vrouw.

'Ik wilde zeker zijn dat je echt geïnteresseerd was. Ik heb dit allemaal begraven en ben niet van plan het op te graven voor iemand die mijn tijd verspilt. Slokje?' Ze bood hem de thermos aan.

'Wat is dit?'

'Glühwein.'

Slim trok hem uit haar handen, nam een slok en keek dan nors. 'Het is thee.'

'Hoeveel verbeelding heb je?'

'Hoe meer ik drink, hoe meer verbeelding.'

Celia knikte en overschouwde de heide. Slim keek even naar haar en volgde dan haar blik over de rotsachtige heuvels, de groepjes bomen in de verte, een klein meer en de rotsige oevers van een heideriviertje. Ze zwegen een hele tijd.

'Het is best mooi,' zei Slim uiteindelijk. 'Ik verkies de stad, maar het is er veel te gemakkelijk om in de problemen te komen. Hier kan je tenminste nog wat frisse lucht opsnuiven.'

'Er zijn er niet genoeg als jij hier', zei Celia nogal cryptisch. 'In de stad zijn de mensen te druk bezig om zich van iets aan te trekken, maar op het platteland zijn we allemaal lege omhulsels die door anderen gevuld worden. We zijn allemaal maar een verhaal dat steeds herschreven wordt tot we op een punt komen waarop we niet meer weten wie we zijn.'

'En wie ben jij?' vroeg Slim.

'Ik weet het niet zeker. Alles wat ik was, ben ik nu niet meer. Ik was een dochter en ik was een moeder en ik was bijna een echtgenote. Nu ben ik gewoon mezelf, veronderstel ik. Celia.'

'Het zou erger kunnen zijn', zei Slim. 'Je zou een paar laarzen in het zand kunnen zijn; alles wat je ooit was, verdwenen in een vingerknip.'

'Lege laarzen?'

Slim huiverde en schudde zijn hoofd. 'Ze zijn niet leeg.'

Celia was even stil. Dan zei ze: 'Vertel me waar je de naam Charlotte vandaan hebt. Lieg niet tegen me. Ik zal het weten als je liegt. Er zijn maar drie mensen die de naam van mijn dochter kenden. Een van hen heb ik begraven. De andere ben ik kwijt. En de derde ben ik.'

'Ik heb iets gevonden dat begraven was bij de top van Rough Tor; het was verpakt in een plastic zak. Je kent het cliché wel, hé? Ik struikelde er letterlijk over en brak verdomme bijna mijn enkel. Het was een oude, beschadigde klok en achterin vond ik een briefje. Het papier was beschadigd door water, dus liet ik het openmaken door een vriend die als vertaler en forensisch taalkundige werkt. Ik heb meegebracht wat ik te weten gekomen ben. Kijk.'

Hij gaf Celia een plastic mapje dat hij uit zijn rugzak haalde. Hij bekeek haar terwijl ze het opende en de pagina's een per een doornam. Haar handen trilden zichtbaar toen ze dichter leunde. Op een bepaald moment gleed er een uitgeprinte foto van tussen haar vingers en dankzij de snelle reactie van

Slim werd ze niet naar beneden meegevoerd door de wind.

'En dit zijn foto's van de klok waarin ik het briefje gevonden heb', zei hij terwijl hij de foto teruggaf. 'Ik heb alle originelen bewaard in de B&B.'

'Ik wil haar graag zien.' Ze tilde een hand op naar haar wang en veegde een traan weg voor die de kans kreeg om een spoor achter te laten. 'Hemeltjelief. Dit is krankzinnig.'

Slim wachtte. Hij wilde iets vragen, maar Celia staarde met trillende onderlip naar de kopie van het briefje.

Toen keek ze weer op. 'Wie ben je, meneer Hardy?'

'Noem me maar Slim. Dat doet iedereen.'

'Slim. Wie ben je echt?'

'Ik ben privédetective.'

'Nee, dat is maar een etiket. Wie is de man erachter?'

Slim voelde zich ongemakkelijk onder haar onderzoekende blik, maar het verdriet in haar ogen vertelde hem dat ze een vrouw was op zoek naar begrip.

'Vroeger was ik een echtgenoot. Ik was een dappere, machtige man en ik werkte als soldaat. Maar toen vond ik spoken die op me wachtten naast een snelweg in Irak. Echte spoken, niet die uit verhaaltjes, en ze lieten me niet meer los. Ik herstelde nooit meer helemaal, ook al speelde ik het spel nog een paar jaar mee. Toen ik het zowat gehad had met de oorlog en klaar was om naar huis te gaan, verloor ik mijn vrouw aan een slager die meneer Stiles heette, mijn ongeboren kind aan een doosje pillen en mijn geestelijke gezondheid aan een zijwaartse blik en een scheermesje. Dat is wie ik was. Wie ben ik nu? Dat weet ik niet zeker. Ik ben een alcoholist. Ik ben ook een verloren jongetje dat zoekt naar een doel en de zin van het leven. Bij elke zaak bid ik dat ik ze zal vinden en aangezien ik dat nog niet gedaan heb, blijf ik het proberen.

'Misschien vind je ze in de pot goud aan het einde van de regenboog van de Birches.'

'Misschien.'

'Ik had een dochter', zei Celia terwijl ze speelde met de huid op de rug van haar handen. 'Ze was drie jaar. Haar naam was Charlotte. En ik had een vader. Amos. Ze waren de twee mensen die me het dierbaarst op de hele wereld waren en op een dag verdwenen ze. Ik was geen al te goede moeder. Ik deed mijn best, maar ik was te jong en om eerlijk te zijn, was mijn eigen moeder geen goed voorbeeld. Toen ik niet voldeed, sprong mijn vader in. Hij was altijd bij Charlotte en wel in die mate dat ik jaloers werd als ik ze samen zag. Op een nacht pakte hij haar mee naar de heide en kwam nooit meer terug.'

Slim ademde lang uit. 'Hij nam je dochter mee?'

'Ja. Ze verdwenen samen.'

'Maar hoe? Ik heb nergens gelezen dat er een meisje bij hem was.'

'Niemand wist van haar bestaan af. Ze was drie toen ze verdween. Ik wilde de politie verwittigen, maar mijn moeder... ze...'

Slim legde een hand op haar arm. 'Het is oké...'

Celia trok haar arm met een ruk weg. 'Nee, het is niet oké. Het is nooit oké geweest. Ik was jong en dwaas en ik liet me door die vrouw manipuleren met haar leugens.'

'Welke vrouw?'

'Mijn moeder, Mary.' Celia liet haar tanden zien op een manier die haar ontdeed van elk greintje menselijkheid en haar tot iets wilds maakte.

'Je hebt ongetwijfeld allerlei leugens over mijn familie gehoord, maar er was maar een echt monster. Mijn moeder, Mary Birch. Als er een vreselijker vrouw op deze planeet rondloopt, dan heb ik haar alleszins nog nooit ontmoet.'

24

'Ze zei tegen me dat ik de gevangenis in zou vliegen als ik de politie verwittigde', zei Celia. 'Ze slaagde erin me ervan te overtuigen dat ik ernstige problemen zou krijgen omdat ik Charlotte nooit aangegeven had, ook al was zij het die beslist had om het bestaan van Charlotte geheim te houden. Alles was haar idee. Mijn vader... was excentriek. Misschien zelfs autistisch, ook al heeft hij nooit een officiële diagnose gekregen. Hij kon de meest prachtig versierde klokken maken, maar op andere gebieden was hij hulpeloos. Hij kon niet koken. Mijn moeder zei hem elke morgen wat hij aan moest trekken. Alles, al zijn internationale roem, was door toedoen van mijn moeder en haar obsessie om hem op een voetstuk te plaatsen.'

'Ze klinkt angstaanjagend.'

'Nadat ze verdwenen waren, drukte ze me op het hart niets over Charlotte te zeggen, dat ze me erin zou luizen en ervoor zou zorgen dat ik betrokken leek bij zowel de verdwijning van mijn vader als die van Charlotte, want het moest toch mijn schuld zijn, hé? Mijn dochter, van wie niemand iets afwist, was de katalysator voor zijn verdwijning en bij wie hoorde ze? Bij mij. Ik kon er niet aan ontsnappen. Mijn moeder prentte het me bij elke mogelijke gelegenheid in en uiteindelijk verzette ik me niet meer en geloofde haar gewoon. Geleidelijk aan werd het leven niets meer dan een gewoonte en toen stond ze al met een been in het graf, dus wachtte ik maar af. Ik verkocht de boerderij zo snel mogelijk.'

'Ik weet niet wat ik moet zeggen. Ik twijfel of "dat spijt me" echt volstaat.'

Celia glimlachte. 'Je hoeft niets te zeggen. Het heeft me al goed geholpen dat ik het eindelijk aan iemand kan vertellen. Catharsis, zeg maar. Mijn vader was een goede man. Toen gaf ik hem nog de schuld omdat ik vond dat hij zich veel meer tegen haar had moeten verzetten. Mijn moeder bepaalde de regels en beïnvloedde alles en mijn vader liet het gebeuren. Charlotte... ik weet niet wat zijn bedoeling was toen hij haar meenam, maar misschien wilde hij haar weghalen van de vijandigheid thuis. De meeste mensen dachten dat hij ergens op de heide gestorven was, maar ze wisten niets af van Charlotte. Mijn vader had ergens anders een nieuw leven kunnen starten, maar zij zou opgemerkt worden. Misschien heeft hij haar ergens op de trap van een weeshuis achtergelaten, haar naar een instelling gebracht. Ik weet het niet. Ze kan nog in leven zijn.'

'Maar kon zij hem niet zeggen...'

Celia tilde een hand op. 'Charlotte kon niet spreken.

Ze was stom. Misschien was ze gewoon een laatbloeier... ik zal het nooit weten. Maar op het moment dat ik haar verloor, had ze nog nooit een woord gesproken.'

Slim legde zijn arm rond Celia toen ze tegen zijn schouder leunde; de tranen vloeiden snel. Hij keek uit over het prachtige, ruige uitzicht en vroeg zich af hoe het moest voelen om daar spoken te zien, bewegende schaduwen tussen de verspreide rotsen die misschien een dochter of een vader op weg naar huis waren.

'Er is meer', zei Celia, 'maar ik kan het nu niet aan. Ik moet vanavond ergens heen, maar we kunnen binnenkort weer afspreken. Ik twijfel of je me zal kunnen helpen om hen of een van hen te vinden... maar je weet maar nooit.'

'Ik was niet op zoek naar werk', zei Slim.

Celia glimlachte en gaf hem toen een teder tikje op zijn wang zoals een moeder soms doet bij een volwassen zoon.

'Wel, je hebt er toch gevonden.'

25

'IK HEB EEN RESERVERING GEKREGEN', zei mevrouw Greyson. 'Voor zes personen. Ik heb de drie kamers nodig.'

Slim besloot haar te testen. 'Ik was van plan om nog minstens een week te blijven. Het verhaal van Amos Birch is voor mij nog niet ten einde. Het is erg fascinerend. Ik zou het graag verder onderzoeken.'

Mevrouw Greyson rolde met haar ogen. 'Het enige wat u zal vinden, is een eindeloze reeks van leugens en geruchten. U geeft het beter op. Zoals iedereen.'

'Weet u, iedereen praat over Amos Birch, maar hoe zit het met zijn vrouw? Hoe zit het met Mary? Niemand heeft veel over haar te vertellen.'

Mevrouw Greyson deinsde zichtbaar terug. 'Er valt niet veel te vertellen. Ze was een oude boerin met een scherpe tong. Dat is het zowat.'

'Ik dacht er net aan dat het mogelijk is dat zij hem vermoord heeft.'

Het kopje dat mevrouw Greyson vasthad, viel op de grond met een knal als van een geweer dat afging. Slim haastte zich om stukken porselein op te rapen terwijl mevrouw Greyson met haar handen stond te wringen alsof ze ze wilde straffen om hun achterdocht.

'Laat me u daarbij helpen...'

Mevrouw Greyson duwde hem uit de weg met een grote zwaai van haar arm. 'Ik zal het wel doen, meneer Hardy. Echt, als ik andere gasten had, zou ik geneigd zijn u te verzoeken te vertrekken.'

'Zei u net niet iets over zes personen?'

'Het was nog maar een vraag om informatie', snauwde ze en liep dan naar de keuken, waarna ze terugkeerde met een veger en blik. 'U zou beter opletten voor u zulke dingen zegt', ging ze verder terwijl ze de scherven opveegde. 'Sommige mensen kunnen een beetje gevoelig zijn.'

'Ik bedoelde het niet als een beschuldiging, maar gewoon als een mogelijkheid.'

'Het is onmogelijk dat zij hem vermoord heeft', zei mevrouw Greyson. 'Mary Birch zat in een rolstoel. Ze had een soort degeneratieve ziekte. Haar enige wapen was haar mond en ook al was dat erg genoeg, ze kan er geen moord mee gepleegd hebben.'

'Oh. Dat wist ik niet.'

'Ze was een onaangename, oude vrouw', voegde mevrouw Greyson eraan toe, 'maar ze zou Amos nooit kwaad gedaan hebben, zelfs niet als ze het gekund had. Hij betekende alles voor haar.'

'Aangezien hij haar man was, zou je dat toch hopen.'

'Ik bedoelde het zo niet', zei mevrouw Greyson plots

zo venijnig dat je het zelfs van haar niet zou verwachten. 'Ze was een onbenul. Amos was haar middel om een beter leven te hebben. Ze was enorm beschermend over hem. Je kon hem enkel benaderen als zij daarmee akkoord ging. Zij zwaaide de plak op die vervloekte plek.

Slim knikte. 'Hun huwelijk moet gespannen geweest zijn.'

Mevrouw Greyson haalde minachtend haar schouders op. 'Hoe kan ik dat weten? Het is niet aan mij om mijn neus in andermans zaken te steken.'

En daarmee verdween ze weer in de keuken. Tegen dat Slim gedaan had met ontbijten, was ze nog steeds niet teruggekeerd.

26

NICK JONES BLEEF maar over zijn schouder kijken naar de warrige groepjes heidebomen die langs Siblyback Reservoir stonden alsof hij een verborgen cameraploeg zocht. Zijn kleren waren zelfs aangepast aan de gelegenheid: zijn haar was onlangs getrimd en hij droeg een tweedjas met de kraag recht alsof hij verwachtte dat Michael Caine hem in een Bentley af zou komen halen voor een geheime operatie op het vasteland.

'Was je bang dat iemand ons zou horen?' vroeg Slim en de wind scheerde over het wateroppervlak als een landend vliegtuig en krulde zijn kille vingers rond Slims nek. Hij wenste dat hij een dikkere trui had aangetrokken onder zijn lichte windjekker, maar hij had niet verwacht dat hij vanuit Liskeard naar het meer zou gereden worden.

'In kleine gemeentes kent iedereen iedereen', zei Nick. 'We passen beter op. Bovendien vind ik het hier mooi. Het is vredig en toch ruig op een bepaalde manier.'

Slim overwoog om aan Nick voor te stellen een carrière als acteur na te streven. Hij was al overtuigd dat hij zijn tijd verspilde toen Nick zei: 'Weet je, er was altijd iets verkeerd met dat gezin.'

Slim stak zijn handen zo diep hij kon in zijn zakken en vroeg: 'Hoe was Celia op school? Over het algemeen? Braaf meisje? Teruggetrokken?'

Nick glimlachte en knikte tegelijkertijd alsof hij in een prentenboek vol herinneringen bladerde. 'Ze was een babbelaar. Een van die kinderen die altijd over de bank achter zich leunde om te lachen en grappen uit te halen. Ze was nogal snel geïrriteerd; werd net niet onbeschoft.'

'Sprak ze de leraars graag tegen?'

'Ja, als ze dacht dat ze ermee weg zou komen.'

'Pestte ze andere kinderen?'

'Niet dat ik me herinner. Ze had alleszins veel te vertellen, maar haar aandacht was altijd afgeleid. Ze kon zich niet lang genoeg op iemand focussen om die persoon te pesten. Zelf werd ze in elk geval niet gepest. Niemand zou dat gedurfd hebben.'

'Was ze stoer?'

'O, ja. Maar haar moeder was een zuurpruim. Je zag zo waar ze het vandaan had. Ze zat hier tijdens de ouderavonden en snauwde Celia vlak voor mijn neus af. Haar vader zat daar dan stil, alles te observeren. En Celia werd dan rood en keek boos naar haar vader alsof ze wilde dat hij haar zou verdedigen. Wat hij nooit deed.'

'Hij kwam niet voor haar op?'

'Hij was een beetje akelig die Amos Birch. Hij kon in het niets zitten staren en zich dan draaien om je aan te kijken, maar het was niet gewoon een blik; hij staarde zonder knipperen, gewoon staren tot je wegkeek. Als je dan terugkeek, zat hij nog steeds te staren en dan schudde hij even met zijn hoofd alsof hij met zijn ogen open in slaap gevallen was terwijl hij je aanstaarde.'

'Ik heb gehoord dat hij misschien autistisch was.'

'Dat kan. Hij was in elk geval raar. En met die stille types weet je maar nooit, hé.'

'Celia... had ze soms vriendjes?'

Nick lachte. 'Ze was zo'n meisje dat constant knipperlichtrelaties had. Je kent het type wel. Tof om mee op te trekken als je bij haar kliekje hoorde.'

Slim knikte. 'Ik heb er zo ook een paar vermeden.'

'Je moet wel populair geweest zijn aangezien je nu voor de BBC werkt.'

Slim versprak zich bijna voor hij zich herinnerde onder welk mom hij werkte.

'Tja, weet je, het is ook maar een job en toen ik veertien was, was ik ook nog maar een kind net als iedereen.'

'Ik zou graag bij tv betrokken zijn', zei Nick.

Betrokken zijn. Niet "op" of "werken bij", maar betrokken bij. Slim onderdrukte een zucht.

'Nick, wat kan je me vertellen over toen Celia met school stopte?'

'Er gingen allerlei geruchten de ronde voor ze stopte', zei Nick. 'Je zag aan haar houding dat er iets scheelde. Ik bedoel, ze was alleen met zichzelf bezig. En dan heel plots werd ze erg teruggetrokken, alsof iemand haar eindelijk met beide voeten op de grond gebracht had.'

Slim fronste. 'Kan ze thuis problemen gehad hebben?'

Nick lachte. 'Ze was vijftien. Ik twijfel of er dagen waren waarop er thuis geen problemen waren. Hoe dan ook, het leek erop dat de kleine snol een lesje geleerd had.'

'Kleine snol?'

Nick haalde zijn schouders op en schonk Slim een schuldbewuste glimlach. 'Slechte woordkeuze zeker? Maar toch best accuraat. Ze flirtte altijd overmatig met mij. Ik was toen pas vooraan in de twintig en dus niet echt veel ouder dan de leerlingen. Ze was een knappe meid, die Celia. De jongens zaten haar altijd achterna en ze ging altijd naar die disco's waar kinderen toegelaten waren. Je weet wel, waar ze allemaal beginnen samen te komen. Ik moet er geen tekeningetje bij maken bij wat daar aan de gang was, hé?'

Slim haalde zijn schouders op, hij maakte zich enigszins zorgen over de manier waarop hij een ex-leerlinge een snol noemde en zo, maar anderzijds zou hij ook niet de eerste leraar zijn die een van zijn leerlingen zag zitten. Er waren constant verhalen in het nieuws over leraars die te ver gegaan waren.

Nick was nog steeds aan het vertellen. 'Dat was in de jaren negentig, toen meisjes uitgingen in een T-shirt waarop "hoer" en "easy" en zulke dingen stonden. De liefde, als je het zo mag noemen, was even gemakkelijk te vinden als in de jaren zestig.

'En Celia was zo'n meisje?'

'Als je de maandagmorgen door de gang liep, hoorde je alle leerlingen praten. Dat meisje had altijd iemand, volgens de geruchtenmolen.

Slim knikte. 'En je zei dat ze met school gestopt was?'

Nick verplaatste zich met een zwier van zijn haar. 'Wil je dit opnemen?'

Slim schudde zijn hoofd en herinnerde zich dan voor welke organisatie Nick dacht dat hij werkte. 'Nog niet', zei hij. 'Maar dit is interessant. Dit is precies waar we naar op zoek zijn. Vertel me nog eens wat je eerder verteld hebt.'

Nick, die duidelijk zichzelf graag hoorde praten, knikte. 'Ze begon te verzwaren. Heel plots. Herinner je je nog hoe ze, behalve de meisjes met schildklierproblemen, alleen maar inzaten met mager genoeg blijven om in het weekend iemand aan de haak te kunnen slaan? Wel, ik hoorde dat er een paar meisjes commentaar gaven op haar gewichtstoename tijdens de turnles. En toen, een maand voor het eindexamen verdween ze, gestopt.'

'Ze was toch zestien toen, hé? Je mag toch van school af vanaf je zestiende.'

'Dat doen er tegenwoordig niet veel. Ze haalde goede punten, ze zou het er goed van afgebracht hebben. Geen grootste onderscheiding, maar ze zou voor alles geslaagd zijn zonder problemen.'

'En je vertelde me die roddel over haar vader? Als ze zo losbandig was als je suggereerde, kan het dan niet van gelijk wie geweest zijn?'

'Wel, dat is wat er zo vreemd aan was. Roddels op

school gaan alle kanten uit. Ze draaien mee met de wind in Cornwell. Maar in dit geval polariseerden ze. Iedereen vertelde hetzelfde.'

'En waarom zou het niet gewoon een pittige roddel geweest zijn waar iedereen zich in vastbeet? Kinderen zijn soms meer kuddedieren dan schapen.'

Nick schudde zijn hoofd heftig. 'Daarvoor moet je de gezinsdynamiek van de Birches kennen. De moeder was een monster. Celia haatte haar. De vader, Amos, was stil, introvert, maar aardig. Puur zelfs, op een simplistische manier. Celia verachtte haar moeder, ik bedoel echt verachten. Soms deed ze iets, enkel en alleen om Mary te kwetsen. Maar weet je wat alles zoveel tastbaarder maakte?'

'Wat?'

'De kinderen zeiden dat ze het van Celia zelf hadden. Dat ze verteld had dat haar eigen vader haar zwanger gemaakt had.'

27

Nadat Nick vertrokken was en aan Slim een handgeschreven briefje gegeven had met zijn telefoonnummer en een paar e-mailadressen, vond Slim een drukkerij op de hoofdstraat om de foto's af te drukken die hij genomen had van de Worthboerderij. Eerst vergrootte hij de foto's die hij genomen had van het oude atelier van Amos Birch tot de deur en het hangslot het hele scherm vulden zodat de eventuele merktekens zichtbaar zouden zijn voor iemand die daar thuis in was.

Via de fax van de drukkerij verstuurde hij ze ook naar iemand in Londen en ging toen naar buiten om een telefoontje te doen.

'Alan, het is Slim', zei hij toen hij de stem van een oude vriend aan de andere kant van de lijn hoorde. 'Kan je me een plezier doen?'

Alan Coaker, een oude kamergenoot van tijdens zijn opleiding in Harrogate, hoestte een krakende lach. De schorre klank van zijn stem suggereerde dat hij nog moest stoppen met zijn een-pakje-per-daggewoonte die hij aanehouden had tijdens hun tijd samen in het leger.

'John? Ben jij het? Je noemt jezelf tegenwoordig Slim, blijkbaar.'

'Het is een tijd geleden.'

'Het is al een tijd geleden dat je me nog gebeld hebt ook. Was de vorige keer niet toen je in het huis van je vriendin wilde inbreken?'

'Ex-vrouw. Hoewel ze toen nog mijn vrouw was en het huis nog van mij was.'

'Dat was het. Wat is er toen gebeurd? Ben je ermee weggekomen?'

'Ik heb me bezat in de plaats.'

'Verbaast me niet. Je had altijd een grote mond, maar een klein hartje, hé, John? Enfin, ook al zou ik graag blijven babbelen, ik heb klanten die wachten. Wat wil je?'

'Ik heb je net een fax gestuurd.'

'Gebruik je nog geen e-mail misschien? Tja, dan ga ik maar beter dat oude ding aanzetten. Het zit ergens in de achterste kamer in een doos.'

Alan legde de telefoon neer. Slim, die niet zeker was of Alan een grapje maakte of niet, wachtte terwijl zijn oude legermaat weg was. Het klonk alsof Alan het goed stelde. Ze hadden samen gediend in de eerste Golfoorlog, maar Alan was er in tegenstelling tot Slim, uitgekomen met zijn staat van dienst nog intact na twintig vlekkeloze jaren en hij had zijn genereuze ontslagpremie gebruikt om een slotenmakerij op te richten in Londen.

'Ik heb het, Slim. Wat is het? Moet ik die foto's vernietigen na ons telefoontje?'

'Ik hoop van niet. Ik moet in dat schuurtje binnenraken. Ik wil weten welk slot dat is en hoe ik het open kan krijgen.'

'Is er geen venster?'

'Er zitten tralies voor.'

'En ik veronderstel dat de eigenaars niet willen dat je er rondneust?'

'Correct.'

'Dus wat je zoekt, is een soort instrument waarmee je die ketting en het slot openkrijgt?'

'Dat klopt.'

Het bleef even stil. Toen zei Alan: 'Ik kan je iets laten bezorgen als je een adres hebt en geld om het te betalen. Morgenochtend. 'Past dat?'

'Ja. Bedankt.'

'Geen probleem.'

Slim haakte tevreden in. Misschien was er helemaal niets interessants in het schuurtje te vinden, maar het bleef een spoor tot Slims nieuwsgierigheid bevredigd was.

Liskeard was eerder een inspiratieloos stadje in vergelijking met sommige steden die Slim bezocht had in Cornwall. Met nog een paar uur voor hij de bus terug naar Camelford kon nemen - waar hij weer tegen zijn zin zou moeten wachten op de Bodmin Moor Loop Linebus - ging hij naar de stadsbibliotheek. Daar palmde hij een computer in om wat achtergrondinformatie te verzamelen voor zijn volgende afspraak met Celia.

Hij vond een oud archief van verdwijningen, maar er was niets recents over Amos Birch. Celia had gesproken over een politieonderzoek, dus als Amos niet officieel doodverklaard was, moet er nog iets over hem te vinden zijn. Celia leek ervan uit te gaan dat Slim op zoek was naar een lijk, maar het archief riep een vraag bij hem op die ze zou moeten uitklaren voor hem.

Er was ook niets te vinden over Charlotte Birch. Dat arme kind was ter wereld gekomen en had haar weer verlaten zonder ook maar een spoor achter te laten.

Daarna probeerde hij te zoeken bij niet-geïdentificeerde lijken, maar er was geen publiek toegankelijke databank. Het vergezochte idee kwam bij hem op dat Amos misschien ergens rondliep zonder geheugen, doordat hij alleen maar artikels vond over bekende mensen met geheugenverlies van wie de identiteit uiteindelijk achterhaald kon worden.

Hij ging zijn wonden likken in een koffiehuis en begon zich te voelen als een rat die in de val zat. Hij had een doorbraak nodig, anders zou zijn nieuwste onderzoek vastlopen.

Er was natuurlijk Celia, die het meest informatie had. Maar als de politie niets gevonden had, hoeveel kans had hij dan?

Hij had natuurlijk die ene aanwijzing die zij niet hadden gehad: de opgegraven klok.

Hij had de papieren meegebracht die Kay hem gestuurd had en spreidde ze nu open op de tafel om te zoeken naar iets dat hij over het hoofd gezien had.

Er was ook de boodschap: *Charlotte, je tijd is voor eeuwig. Ik zal op je wachten, altijd,* en de onleesbare tweede regel die misschien een vervolg was. Dan was er de initiaal a, die ook een m kon zijn.

Slim had een paar foto's naar Kay gestuurd en als reactie had hij zijn notities ontvangen. De uitgesneden dieren hadden iets gemeen: het waren allemaal inheemse, Britse dieren, zoals herten, vossen, dassen, uilen, otters en konijnen. Nu Slim ze nog eens bekeek, zag hij dat ze allemaal rondom de wijzerplaat stonden en naar boven keken naar het deurtje alsof ze wachtten tot de koekoek tevoorschijn kwam. Het deurtje zelf was in een ietsje donkerder bruin dan de rest van de klok, alsof het van een ander soort hout gemaakt was. Slim was ervan uitgegaan dat het hout gekocht was in een doe-het-zelfzaak, maar nu vroeg hij zich af of het misschien een diepere betekenis had. Het was iets dat bij een politieonderzoek aan een team toegewezen zou worden, maar het kon evengoed een lange, zware weg zijn die in een dood spoor eindigde.

Celia bleef zijn kroongetuige. Er moest iets zijn dat ze wist dat een cruciale aanwijzing zou blijken.

Hij wierp een blik op de klok boven de toog: halfzes. Celia had gezegd dat ze in Plymouth werkte; haar werkdag zat erop om zes uur en ze had aangeboden om hem op te pikken en terug te brengen naar de B&B. Ze zou onderweg naar haar huis in Tavistock via Liskeard meer informatie geven.

Het was niet ver wandelen naar het stadhuis waar ze afgesproken hadden. Een lichte miezer had ervoor gezorgd dat alles vochtig was en het was al helemaal donker.

De auto die voor hem stopte was een aftandse Rover

Metro. Hij had iets beters verwacht van een vrouw die beweerde verpleegster te zijn, maar als iemand die zijn laatste auto in de prak gereden had, kon hij begrijpen waarom iemand die eerder roekeloos was, zou kiezen voor iets dat gemakkelijk en zonder veel emoties te vervangen was. In de krappe binnenruimte zaten ze zo dicht dat Slim zich ongemakkelijk voelde; hij moest zich tegen de deur wurmen om niet tegen Celia's arm te leunen. In de mistroostigheid van de dashboardlichtjes bestond ze uit stukken huid en af en toe een glinstering van ogen. Ze rook naar sigaretten en terwijl Slim zijn veiligheidsgordel omdeed, wuifde ze met haar hand alsof ze zich wilde verontschuldigen.

'Ik probeer te stoppen', zei ze.

'Proberen is een goed begin', zei Slim. 'Ik doe dat veel.'

Ze voegde zich bij het late pendelverkeer van Liskeard. 'Heb je al sporen gevonden?'

'Het beste spoor heeft mij net gevonden.'

'Ik was al bang dat je dat zou zeggen.'

'Je moet me alles vertellen dat je je kan herinneren', zei Slim. 'Niet alleen over de verdwijning van je vader en je dochter, maar ook andere dingen. Achtergronddingen. Er kunnen zich aanwijzingen schuilhouden op de meest onschuldige plaatsen.'

'Waar wil je dat ik begin?'

'Met je familie. Welke andere familieleden heb je nog? Iemand met wie je close bent?'

'Ik was een enig kind. En mijn vader ook, geloof ik. Ik had een tante van moeders kant, maar ze is een paar jaar voor de verdwijning van mijn vader gestorven. Ze woonde in Reading. Ik heb haar maar een keer ontmoet; ik denk niet dat ze goed opschoot met mijn moeder.' Hij grinnikte. 'Weinig mensen deden dat.'

'Weet je, in het overgrote merendeel van de moordzaken is de moordenaar familie of bekend bij de familie.'

'Dat heb ik ook gehoord.'

'Wie was de vader van Charlotte?'

De auto week met een ruk uit over de straat, in de richting van een aankomende auto, voor Celia hem weer onder controle kreeg. Slim slaakte een zucht terwijl de auto, claxonnerend om aan te geven hoe dicht ze van een botsing geweest waren, zonder probleem voorbijreed.

'Celia?'

Haar handen knepen in het stuur. 'Kunnen we die vraag niet laten voor wat ze is? Hij was niet meer in ons leven op het moment dat mijn vader en dochter verdwenen.'

'Het kan belangrijk zijn. Ik moet het weten als je het me kan vertellen.'

'Is het echt nodig? Ik praat er niet graag over.'

Slim haalde diep adem. 'Ik heb iets horen vertellen. Het zal wel een stomme roddel zijn, maar... ik heb gehoord dat het je vader was.'

Celia hoestte en rukte weer aan het stuur.

'Waar heb je dat vandaan?'

Slim haalde zijn schouders op. 'Ik heb hier en daar vragen gesteld. Het deed de ronde dat je gestopt was met school omdat je zwanger was. En dat Amos de vader was.'

Celia lachte even bitter. 'Ik veronderstel dat dat zou kunnen, hé?'

'Hoe bedoel je?'

Celia zuchtte. 'Om eerlijk te zijn, ik weet niet wie de vader is. Ik heb het nooit geweten.'

<h1 style="text-align:center">28</h1>

DE KLEINE METRO stond op een parkeerstrook terwijl nu en dan andere auto's voorbijraasden. Celia was haar derde sigaret aan het roken en Slim, die het maar beleefd had gevonden om haar gezelschap te houden, was bezig met een Marlboro, hoewel hij wenste dat ze de voorkeur gaf aan Lights in plaats van de rode.

'Ik was vroeger afwasser in de Crown in Penleven', zei ze. 'Moeder was er altijd tegen; ze zei dat het daar vol schorriemorrie zat, maar ik stond erop. Ik wilde gewoon af en toe buitenshuis zijn. Ik was vijftien. De keuken sloot toen om acht uur en meestal mocht ik om halfnegen naar huis. Soms stopte ik in de bar om iets te drinken met de vaste klanten als die er waren. Op een woensdag in het begin van maart, de kalmste dag van de week, was er niemand in het café, dus ging ik meteen naar huis. Soms kreeg ik een lift van een vaste klant en anders ging ik te voet naar huis. Ik was halverwege, op de weg van Penleven naar Trelee, toen iemand me... besprong.'

Slim sloot zijn ogen. Hij luisterde hoe Celia zacht aan haar sigaret trok.

'Ik viel met mijn hoofd tegen de grond', ging Celia verder. 'Die kerel sleurde me door een hek in een veld en deed zijn zin met me. Ik was als verdoofd, het was moeilijk om me te verweren. Hij pinde me vast tot hij klaar was en ging er dan vandoor. Ik strompelde huilend naar huis. Ik wilde het aan mijn ouders vertellen, maar mijn vader had zich opgesloten in zijn studeerkamer en een blik op de ogen van mijn moeder volstond om te weten dat ik niets kon zeggen. Ik wist hoe ze over me dacht.' Celia begon te lachen. 'Ik had wat kneuzingen en schrammen in mijn gezicht. Ik denk dat ik haar verteld heb dat ik aangereden was door een auto of zoiets. Ze zei dat ik moest gaan douchen.'

'Ik weet niet wat ik moet zeggen.'

Celia flapperde met een hand naar hem. 'Zeg maar niets. Ik vind het fijn dat je niets zegt. Dit is iets wat ik nog nooit aan iemand verteld heb.'

Ze rookten nog een paar minuten in stilte; Slim onderdrukte af en toe een hoest in zijn hand. Hij bedankte voor Celia's aanbod van nog een sigaret en keek toe terwijl zij er nog een opstak, vast van plan, zo leek het, om het hele pakje op te roken.

'Je moet toch vermoedens gehad hebben', zei Slim uiteindelijk. 'Het werd nooit aangegeven?'

'Heb je enig idee hoeveel verkrachtingen er niet aangegeven worden?' snauwde Celia. Toen Slim zijn schouders even ophaalde, meer ter erkenning dat dit geen vraag was, maar eerder een aanbod om het hem te vertellen, of hij dat wilde of niet, voegde ze eraan toe: 'De meeste. Ik was een vijftienjarig schoolmeisje met een moeder die sowieso al dacht dat ik een slet was en ik gunde het haar gewoon niet. Ik was geen engel, Slim. Ik had de gewoonte om de restjes wijn van de plateaus te nemen als ik ze afruimde en naar de keuken beneden bracht. Het verdreef de verveling als ik halfdronken was, weet je wel. Die avond had ik het equivalent van een paar glazen binnen, het was donker en toen ik mijn hoofd gestoten had, wist ik niet goed wat er aan het gebeuren was. Ik wist dat ik verkracht was, maar ik was toen al geen maagd meer. Ik probeerde het te vergeten, ik verdrong het zo goed en zo kwaad ik kon, dacht dat ik het allicht verdiend had, dat ik maar moest zorgen voor een goede zaklamp of dat ik mijn sleutels vasthield als een mes de volgende keer. Ik ging ervan uit dat het was omdat ik jong en dom was, maar dat de herinnering wel zou vervagen als ik dat toeliet.' Ze zuchtte. 'Toen ontdekte ik dat ik zwanger was van Charlotte.'

'Ben je zeker dat ze het resultaat van die verkrachting was?'

Celia lachte even bitter. 'Jezus, Slim, ik was geen tippelaarster in een of ander steegje. Ik had vriendjes, maar ik wist wat veilig vrijen was. Ik ben zeker dat ze het resultaat van die verkrachting was.'

'Sorry', zei Slim. 'Ik ben gewoon om om te gaan met verzekeringsfraudeurs en vermoedens van affaires. Het kan echter wel cruciale informatie zijn - wat je nog weet over die man.'

Celia startte de auto en reed de straat weer op.

'Luister, we maken beter voort als je gastvrouw zo'n zuurpruim is als je beweert. Ik heb nog meer te vertellen, Slim. Veel meer.'

Ze reden een tijdje verder in stilte tot ze aan de bushalte in Penleven aankwamen. Celia keek nors toen ze die eerst zag, ze spuwde een reeks van vloeken uit die Slim deed denken aan zijn tijd in het leger. Hij begon Celia sympathiek te vinden. Ze was als een stervende krijger; ondanks alle tegenslagen die ze gekend had, was ze nog niet verslaan, haar rechterarm opgestoken en een uitdagende blik in haar ogen terwijl een niet te stoppen meute haar aanvalt.

'Ik haatte dit gat hier', zei ze. 'Het lijkt wel de beerput van Cornwall.'

'Ik vond het hier aangenaam rustig', zei Slim.

'Je had hier moeten opgroeien. Elke boer en zijn hond wisten alles van je. Mijn rug gloeide van alle ogen die erop gericht waren.'

'Denk je dat het iemand uit het dorp was die je verkracht heeft?'

Celia zei niets. Slim wenste dat hij zijn vraag terug kon nemen, maar tegelijk vroeg hij zich af wat hij uit haar stilte moest afleiden. Na een tijdje parkeerde ze langs de weg op een kleine afstand van de rand van het dorp.

'Ik neem nog contact op', zei ze en gaf hem dan een tas. 'Hier. Ik dacht dat dit nuttiger zou zijn dan dat ik het vertel.'

Hij gluurde in de tas naar een paar videocassettes.

'Homevideo's', zei ze. 'Mijn vader en Charlotte. Bekijk ze in je eentje en zie maar wat je ervan maakt.'

'Dank je.'

Hij stapte uit. Celia vertrok zonder op een afscheid te wachten; ze trok snel op alsof ze Penleven liefst zo snel mogelijk achter zich liet. Lang nadat haar lichten uit het zicht verdwenen waren, kon hij nog steeds het moeizame gebrul van de motor van haar Metro horen doordat Celia de versnellingen zo ruw wisselde als een agressieve dronkenman die een proefritje maakt.

Slim staarde naar de tas in zijn hand. En met een zucht keerde hij dan terug naar de B&B.

29

MEVROUW GREYSON WAS overgestapt naar een dvd-speler, maar zijn tv was nog een ouderwets toestel met beeldbuis en ingebouwde videospeler. Slim duwde de eerste cassette in de gleuf en ging dan op de rand van het bed zitten terwijl de oude tv flikkerend opwarmde.

Er verscheen een korrelig beeld van een boerderij en ruis kriskraste over het scherm waardoor het beeld op de vreemdste momenten versprong. Hij hoorde een meisjesstem, die hij herkende als de jonge Celia, een monoloog opzeggen over de heide terwijl de camera - hij stelde zich voor dat die pas nieuw was en net uit haar verpakking - rondzwierde. Dit was een testopname, het experiment om te zien hoe alles werkte.

De camera focuste weer. Er verscheen een vrouw in een rolstoel die wat verderop zat, maar de camera ging haar met een ruk voorbij, waardoor een grote man met een kind in zijn armen in beeld kwam. Het kind, met schouderlang haar dat netjes naar binnen krulde tot een strak bobkapsel, leek onwillig om in de camera te kijken. Haar hoofd lag tegen de schouder van de man en haar ogen waren neergeslagen. De man, die groot en pezig was met een neerwaarts wijzend, driehoekig gezicht en gemillimeterd haar, keek echter wel rechtstreeks in de lens en glimlachte. Hij tilde zijn hand op waarmee hij het kind niet vast had en zwaaide even.

'Hé, papa.'

Amos Birch glimlachte en klopte even op de schouder van het meisje. Hij opende zijn mond om iets te zeggen, maar klapte hem dicht toen hij het vage geratel hoorde van de wielen op steen van de naderende rolstoel. De camera zakte en liet een close-up van kasseien zien terwijl een stem zei: 'Leg dat stomme ding weg. Waar heb je het trouwens vandaan?'

'Nu niet, mama', zei een vermoeide stem en de film stopte abrupt.

Misschien waren er uren of dagen verstreken, maar het beeld kwam terug; deze keer zag hij de gesloten deur van een buitentoilet. Slim herkende de deur die nog steeds gesloten was op de Worthboerderij.

'Papa?' zei Celia's stem, gevolgd door een geamuseerd gegniffel. 'Waar werk je vandaag aan?'

De deur zwaaide open en ondanks het korrelige beeld van de oude recorder, stond Slim versteld van het hol dat tevoorschijn kwam. Het leek wel een minder kleurrijke speelgoedfabriek van de Kerstman. Stukken hout vulden elk beetje ruimte, onderdelen van klokken en half afgewerkt houtsnijwerk hingen aan touwtjes die aan dwarsbalken van het plafond geknoopt waren. En ondanks de wazige beelden van de oude opnames was het getik onmiskenbaar. Het kwam van tientallen klokken tegelijk en klonk als een nachtelijke korf vol mechanische bijen.

Amos Birch zat met zijn rug naar de deur op een houten stoel die een beetje te laag voor hem was. Zijn slungelige sprinkhanenbenen waren gebogen, knieën in de lucht en zijn rug gekromd terwijl hij over een werktafel leunde. Het meisje zat vlak bij hem met bungelende beentjes op de werktafel, doodstil, met haar gezicht gedraaid om te kunnen kijken naar haar grootvader terwijl hij aan het werk was. Een hand rustte op de werktafel, de andere lag in haar schoot.

Geen van beiden lette eerst op Celia, maar toen ze een paar stappen dichter kwam, draaide Amos zich half om, vouwde een stukje papier waarop hij aan het schrijven geweest was en stopte het in een lade. Het meisje bewoog niet, maar Amos draaide op zijn stoel om zijn dochter aan te kijken. Hij fronste en toen kwam er even een gefrustreerde uitdrukking op zijn gezicht.

'Celia. Wat doe je hier? Ik zou liever hebben dat je klopt.'

Het was de eerste keer dat Slim de stem van Amos Birch had gehoord. Hij fronste, maar probeerde niet te veel te zoeken achter die paar woorden. Toch dacht hij terug aan zijn opleiding tijdens zijn jaren in het leger voor het omgaan met gevangenen en om te onderhandelen bij gijzelingen. Slim had nooit deelgenomen aan zo'n actie, maar herinnerde zich wel bepaalde informatie die zijn instructeur hem had geleerd over intonatie, tremolo en de overtuiging waarmee iets wordt gezegd. Zijn eerste idee over Amos

Birch was dat hij een verlegen man was die liever alleen was en moeilijk om kon met stressvolle situaties, moeite had met sociaal contact, zelfs als het over zijn eigen gezin ging. De film liep verder terwijl Celia het atelier binnenging en de videocamera over de schouder van haar vader richtte op de onderdelen van een klok die hij snel bij zich getrokken had en elke beweging van Amos versterkte Slims opinie.

Dit was een man die liever met rust werd gelaten.

Was het dan te verwonderen dat hij op een dag zijn atelier verliet en nooit meer terugkwam?

De belangrijkste vraag waarop Slim nu een antwoord wilde, was waarom hij zijn kleindochter meegenomen had.

30

SLIM WERD WAKKER doordat er op de deur van zijn kamer geklopt werd. Hij ging rechtop zitten, versuft, keek om zich heen en zag dat hij dwars over zijn bed lag terwijl de sneeuw op de tv nog zoemde sinds de video geëindigd en automaisch uitgeschakeld was.

Hij herinnerde zich niet hoever hij met de laatste band was toen hij in slaap gevallen was, maar hij was zo opgegaan in de lieflijke homevideo's van de Birches dat hij was blijven kijken tot in de vroege uurtjes. Nu had hij een kater van te weinig te slapen die erger was dan vele die hij gehad had door de drank. Hij wreef in zijn ogen en stommelde naar de deur.

'Meneer Hardy, bent u daar?' riep mevrouw Greyson door de deur. 'Er is een pakketje afgeleverd voor u.'

Hij opende de deur en ze stond daar met iets groots in beide handen. Het had een onregelmatige vorm en was slordig ingepakt met tape.

Mevrouw Greyson bekeek Slim van kop tot teen vol

afkeer en achterdocht. Ze stak het pakketje naar hem uit en snauwde dan: 'Mijn huis is geen postkantoor, meneer Hardy. Als u van plan bent om regelmatig pakketjes te laten afleveren, stel ik voor dat u een postbus huurt in het dorp. Mevrouw Waite zal zeker genieten van uw regelmatige bezoekjes.'

'Dank u', zei hij terwijl hij het aannam; hij was verrast door het gewicht ervan. Hij zette het op de grond terwijl mevrouw Greyson de deur sloot en weer naar beneden stommelde terwijl ze luid, maar onverstaanbaar mompelde zoals hij ondertussen gewoon was van haar. Hij wendde zich weer naar de kaptafel en nam het vel papier beet waarop hij de avond voordien notities gekrabbeld had.

Celia vragen i.v.m. de brieven. Naar wie schrijft hij?
Heeft ze gepraat met de leveranciers van zijn materiaal?
Wat is het logo op 37.23?
Zijn er beelden van Celia of Mary met Charlotte?
Waarom is het meisje zo goedgemanierd? Discipline of beperking?

En zo ging de lijst verder, nog een zestal dingen om over na te denken, waarvan het meeste waarschijnlijk niet veel interessants zou opleveren. Het waren allemaal achtergrondinformatie, invalshoeken en aspecten die moesten helpen om zich een beeld te vormen van Amos Birch, maar het was onwaarschijnlijk dat ze zouden leiden tot aanwijzingen over waar hij zich ophield of waar zijn laatste rustplaats was, tenzij Slim veel geluk had.

Er moest meer zijn, dacht Slim, terwijl hij het pakje

op het bed trok en zijn wenkbrauwen fronste over hoeveel het woog. Wat had Alan hem gestuurd? Hij had nog nooit geweten dat een lockpickset zo zwaar was, maar toen hij het pakje openscheurde, begreep hij het.

'Ouwe smeerlap', mompelde Slim en hij kon een glimlach niet onderdrukken.

In plaats van het verzoek van Slim ernstig te nemen, had Alan ervoor gekozen een grap uit te halen, het soort grap dat hij ook uitgehaald kon hebben in Harrogate: de schoenveters van Slim gedeeltelijk scheren zodat ze knapten tijdens het marcheren, of zijn laarzen vullen met chilipoeder.

De inhoud van het pakje zou wel om kunnen met een hangslot.

Alan had hem een professionele betonschaar opgestuurd.

Nadat hij zich verontschuldigd had voor het ongemak dat het pakketje veroorzaakt had, vroeg Slim aan mevrouw Greyson om een broodje voor hem te maken, wat ze morrend en duidelijk tegen haar zin deed, ook al bood hij aan het te betalen. Hij vertrok met enkel het broodje en zijn opgevouwen regenjas voor een wandelingetje in het dorp. Hij moest zijn gedachten op een rij zetten en had tijd nodig om na te denken. Toen hij de winkel passeerde, kwam er iemand in zeven haasten naar buiten die tegen hem botste.

'Sorry!' Er gebeurde even niets. 'Oh, jij bent het.'
'June.'
Ze zag er bij daglicht niet beter uit dan in het naargeestige licht van het café. Ze duwde een lok haar achter haar oor en wreef over een vlek op haar wang

alsof ze zich ervan bewust was dat hij haar aan het taxeren was.

'Ik vroeg me al af wat er met je gebeurd was. Het is al een paar dagen geleden. Het lijkt wel of je net uit een oorlog komt.'

Even dacht Slim dat ze het letterlijk bedoelde, maar dan herinnerde hij zich de kneuzingen die nu begonnen te vervagen.

'Het is niet moeilijk om jezelf te kwetsen op Bodmin Moor', zei hij. 'Er steken aan alle kanten rotsen uit.'

Ze knikte, maar toen ze door wilde lopen, vroeg hij: 'Wil je een koffie gaan drinken? Is er hier ergens een plek waar dat kan?'

June keek hem aan alsof ze net in een vreemd land van een vliegtuig gestapt was. 'Waar denk je dat je bent, Plymouth?'

Uiteindelijk kwamen ze terecht op een gehavende bank met een rotte poot in een berm met onkruid waar de weg naar Camelford en de weg naar Launceston samenkwamen en dronken elk een blikje cola dat ze in de winkel gekocht hadden. June, die een rok aanhad, zat ongemakkelijk naar voor, alsof ze bang was dat er in het lange gras rond de poten van de bank ratten en ander ongedierte verscholen zaten. Slim, die veel ergers meegemaakt had in zijn periode in het leger, zat achterovergeleund en genoot van het uitzicht door een doorgang tegenover de paar huizen rond de kerk, die het centrum van Penleven vormden.

'Ik probeer uit te vinden wat er gebeurd is met Amos Birch', zei Slim. 'Ik neem aan dat het geen zin heeft het te verbergen. Ik weet niet zeker of ik het antwoord zal vinden, maar ik ben van plan het te proberen.'

June zuchtte. 'Da's van voor mijn tijd, dat met Amos. Verdwenen in vijfennegentig?'

'Zesennegentig.'

'Ja, juist, wel, ik ben hier pas in tweeduizend en twee komen wonen.'

'Echt?'

June lachte even bitter. Slim zei niets en wachtte tot het verhaal zou komen.

'Ik kom uit een ander gat, naast de A30 en vlakbij Saltash. Den - mijn echtgenoot - was een handelsreiziger. Verzekeringen. Hij kon evengoed Superman geweest zijn, het interesseerde me niet. We trouwden en kwamen hier wonen.' Ze haalde haar schouders op. 'Het huis was goedkoop. Beetje uitzichtloos, maar ik was er tevreden mee. In het begin was alles oké, maar toen we hier nog geen jaar waren, begon Den te veranderen. Ik vroeg me af of er iets mis was met het water. Hij begon een kort lontje te krijgen, had geen tijd voor mij, ging altijd vissen in de monding van de Camel met zijn vrienden of hing rond in het gokkantoor in Camelford als hij niet aan het werk was. Ik ging in de Crown werken om 's avonds niet in zijn weg te lopen omdat ik de discussies over stomme kleinigheden beu was. Het was geen verrassing toen hij ervandoor ging en niet meer terugkwam.

'Is hij verdwenen?'

June lachte. 'Nee, hoor, het was geen mysterie. Hij had iemand anders in de buurt van Bristol. Hij had al bij haar verbleven tijdens zijn handelsreizen voor we naar hier verhuisden en op een dag trok hij voorgoed bij haar in. Op een dag kreeg ik een telefoontje om te zeggen dat hij niet terugkwam, maar om eerlijk te zijn, was ik niet erg verrast. Ik had wat spaargeld van toen mijn ouweheer gestorven was, dus heb ik hem uit het huis gekocht. Opgeruimd staat netjes. Ik woon daar alleen sindsdien, maar weet je, je wordt dat gewoon.'

Slim voelde dat hij maar een half woord zou moeten zeggen om bij haar thuis uitgenodigd te worden, maar hij weerstond de roep van zijn eigen groeiende eenzaamheid.

'Dus je weet niet veel over de Birches?'

'Alleen de roddels. Ze deden weer de ronde toen Mary overleed in tweeduizend en zes.' Ze glimlachte. 'Ik werkte in het café, hé.'

'Ik kan het me voorstellen,' zei Slim. 'Vertel me eens wat je over Celia weet.'

'Het meisje van de Birches? Tja, ik noem haar een meisje, maar ze kan niet veel jonger dan mij zijn. Ik heb gehoord dat ze nu in Tavistock woont.'

Slim trok even zijn schouders op zonder iets prijs te geven.

'In mijn tijd was ze niet veel in deze buurt. Ze kon niet veel buiten doordat ze haar ouwe moeder verzorgde in haar laatste dagen, zeker? Ik heb haar nooit van dichtbij gezien, alleen een paar keer van ver. Zodra Mary dood was en de boerderij verkocht, ging ze er voorgoed vandoor. Ik denk dat ze het hier beu was. Slangenkuilen vol roddels, die dorpjes. En ze had een reputatie.'

'Welke reputatie?'

'Wel, ik vertel niet graag roddels...', hier schudde Slim heftig zijn hoofd terwijl hij een glimlach verborg, '... maar toen ze jong was, leefde ze er nogal op los. Ze werkte in het café toen en er wordt gezegd dat iedereen haar kon krijgen na sluitingstijd. Vooral als je haar nog niet eerder gehad had. Er is geen man in het dorp die niet ooit met Celia geweest was, zeggen ze.'

'Dus was ze zoiets als de matras van het dorp?'

June lachte even nerveus. 'Tja, ik zeg het niet graag, maar dat is zowat de beste beschrijving. Niet dat ik het haar kwalijk neem eigenlijk, er valt hier verder niet veel te beleven, hé.' Het leek wel of ze het er zelf ook wel eens op wilde wagen toen ze haar hand op Slims dij legde. 'De kans krijgen zou fijn zijn.'

Overtuigd dat het zou lukken na een paar glazen, dacht Slim aan wat het gevolg ervan zou kunnen zijn om zo de verleiding te weerstaan.

'Ik heb PTSS', zei hij.

June rukte haar hand weg. 'Oh, door de oorlog? Je bent toch niet zo'n kerel die doordraait, hé?'

Slim glimlachte. 'Nee. Niet door de oorlog, door mijn laatste vriendin. Ze heeft me proberen te vermoorden.'

'Ik zal maar niets vragen.'

'Ja, da's 't beste.'

Na een ongemakkelijk moment waarop ze allebei van hun cola nipten, zei Slim: 'Maar Michael kwam en kalmeerde Celia?'

'Dat is wat ik gehoord heb. Ze waren een tijdje samen en het werd serieus. Toen ging Amos ervandoor en Celia verbrak de relatie. Daarna trok ze zich terug en zag je haar nog nauwelijks. Ik bedoel, het is waarschijnlijk niet zo luguber als het klinkt. Ze was negentien, heb ik gehoord, toen Amos vertrok. Ze werkte waarschijnlijk in Plymouth. Ze liet Penleven achter zich, ze was de roddels en de dorpsmentaliteit beu. Het is simpel eigenlijk. Ik bedoel, ze woonde in Trelee. Het was even handig om in Camelford je boodschappen te halen dan naar hier te komen. Er zijn volop mensen hier die niet deelnemen aan het gemeenschapsleven. Ik veronderstel dat ze allemaal een eigen leven hebben.'

'Wat denk je dat er gebeurd is?'

'Ik? Met Amos?' June lachte. 'Ik denk dat hij er met een andere vrouw vandoor is', zei ze. 'Ik bedoel, waarom niet? Hij was wat, halfweg de vijftig? Niet te oud om opnieuw te beginnen, toch, als je bij een draak woont. En je dochter oud genoeg is om haar eigen leven te leiden. En ik bedoel, het is niet dat hij de gelegenheid niet had, hé? Ik heb gehoord dat zijn klokken duizenden euro's waard waren en hij kon alles herstellen. Ik heb ook gehoord dat hij dat oude, versleten ding boven de bar in het café verschillende keren hersteld heeft; hij kreeg het aan de praat nadat het jaren niet gewerkt had. Het ligt ondertussen wel weer stil.'

Slim glimlachte. 'En hoe zit het met Mary? Ze zat toch in een roelstol, hé?'

June wuifde zijn vraag weg. 'Ach, hij kon voor thuishulp gezorgd hebben als hij zich schuldig voelde, hij kon haar wat van zijn fortuin nagelaten hebben en voor de rest zijn eigen ding gedaan hebben. Ze heeft toch de boerderij geëfd, hé?'

'Maar er dan gewoon vandoor gaan?'

'Ik heb gehoord dat hij confrontaties vermeed.'

'Zou iemand die niet van confrontaties houdt iets zo drastisch doen als ervandoor gaan met een andere vrouw? Zou hij dan niet eerder gebleven zijn en het geheim gehouden hebben?'

June glimlachte. 'Je hebt wel veel fantasie, hé?'

'Het is zelfs nog erger na een paar glazen.'

June lachte. Terwijl ze over haar armen wreef tegen de kille wind, kwam ze overeind. 'Ik vrees dat ik me nu klaar moet gaan maken om te gaan werken. Het was fijn om met je te praten. Ik hoop dat je binnenkort nog eens opdaagt in het café. En als je ooit behoefte hebt aan een slaapmutsje... ik zet fantastische thee.'

Slim wilde haar net uitwuiven toen er hem iets te binnen schoot. Hij stak zijn hand in zijn zak en haalde er een klein notitieboekje uit. 'Het kan eenzaam zijn daar in die B&B', zei hij. 'Kan je je adres opschrijven voor het geval ik die thee toch wil?'

June hield haar hoofd scheef en er verscheen een blos op haar wangen. 'Wat is dit, je geheime adresboekje?'

Slim haalde zijn schouders op. 'Wil je er even in kijken?'

'Knap geprobeerd!' June schreef haar adres op en stopte de pen daarna suggestief in haar decolleté voor ze haar er weer uittrok en teruggaf. 'Ik zal mijn achterdeur niet vergrendelen voor het geval dat. Ik zie een nachtelijke stalker wel zitten.'

Ze glimlachten ongemakkelijk naar elkaar, alsof ze

niet zeker wisten hoeveel van het gesprek om te lachen was, en dan knikte June.

'Ik moet echt weg nu, Slim.'

Slim knikte. 'Je echtgenoot was een dwaas, June. Ik kijk al uit naar mijn volgende glas kattenpis en het genot van je gezelschap.'

June glimlachte, draaide zich dan om en liep weg zonder nog om te kijken. Slim keek haar na tot ze uit het zicht verdwenen was en mijmerde over wat ze allemaal gezegd had. Zoveel roddels. Hij was zeker dat de waarheid er ergens in zat, als een gekooid dier dat vecht om vrij te komen.

31

HET WAS NET over zevenen toen de deur van het middelste terras openging en Michael verscheen terwijl hij nog bezig was met zijn hemd dicht te knopen onder de niet-dichtgeritste jas die hij droeg. Toen hij het hek, dat toegang gaf tot de weg, bereikt had, ging Slim rechtop staan van waar hij eerst geleund stond tegen de stenen muur die tot zijn middel reikte en de voorkant vormde van de drie sociale woningen.

'Hé, Michael', zei hij. 'Ik vroeg me af of je me misschien kon helpen. 'Het is vrijdag, hé? Als ik naar een discotheek wilde, ga ik dan best naar Camelford of naar Bude?'

Michael staarde hem aan met gefronst voorhoofd. 'Ben je me aan het stalken? Hoe wist je waar ik woon?'

'Dat is niet moeilijk als mensen zo graag babbelen', zei Slim terwijl Michael door het hek passeerde en naar hem toeliep. Hij gaf het niet graag toe, maar er was iets met Michael dat hem irriteerde. Michael zag er nog bijna even knap uit als een ex-zanger uit een boysband die twintig jaar voorbij zijn houdbaarheidsdatum is en had het postuur van iemand die zijn mannetje kon staan in een caféruzie. Slim, die de nodige gevechten had mogen beleven in zijn tijd in het leger, vroeg zich af hoe een knokpartij tussen hen zou eindigen en berispte zichzelf dan omdat hij in de verleiding kwam het te weten te komen.

'Wat wil je van me?'

'Vertel me eens over Celia en jou.'

Michael klemde zijn tanden op elkaar. 'Je hebt wel lef...'

Slim tilde een hand op. 'Wacht even. Ik werk voor iemand die wil dat ik Amos Birch vind. Je hoeft niet met me te praten, maar als je niets te verbergen hebt, kan het toch geen kwaad, hé?'

Michael schudde zijn hoofd. 'Je moet dat allemaal niet weer oprakelen. Je zal heel veel mensen kwaad maken door over de Birches te praten. Wat de mensen hier betreft, is dat oud nieuws.'

'Waarom? Als je niets te verbergen hebt, wat doet het er dan toe?'

Michael kwam een paar passen dichter, maar Slim bleef staan.

'Ik waarschuw je', zei Michael. 'Maak plaats.'

'Weet je wat ik denk?' zei Slim en hij rechtte zich zodat Michael voldoende geïntimideerd zou zijn van wat overbleef van zijn legerpostuur. 'Ik denk dat jij hem uit de weg geruimd hebt. Ik denk dat hij ertegen was dat jij en Celia samen waren. Ik denk dat je een boze jongeman was die dacht dat hij alles kon doen en er nog mee wegkomen ook.' Toen hij de ongelovige uitdrukking op Michaels gezicht zag, voegde hij eraan toe: 'Ik zeg niet dat het opzettelijk was. Misschien was er een discussie die wat uit de hand liep en ben jij je zelfbeheersing verloren. Waarop je hem met iets zwaars sloeg. Dat gebeurt. Geloof me, ik kan het weten.'

'Jij weet helemaal niets', beet Michael hem toe.

'Daarom sta ik hier. Kom op, Michael. Waar is het lijk?'

'Welk lijk? Ik heb hem niet vermoord!'

'Waarom geeft Celia jou dan de schuld voor zijn verdwijning?'

Michael stak een vuist in de lucht en heel even dacht Slim: *het is zover, tijd voor het gevecht waartoe ik hem verleid heb,* maar toen draaide Michael zich om en haalde uit naar de lucht. Na nog een paar klappen in de lucht en een schreeuw van frustratie zakte hij onderuit tegen een afsluiting met gebogen hoofd.

'Je zal het niet laten rusten, hé?'

Slim voelde zich opgelucht. Zijn gezicht voelde nog broos van zijn dronken misstapje in Plymouth en de klappen die Michael uitdeelde, zagen eruit alsof ze pijnlijk waren.

'Vertel me wat je weet. Meer vraag ik niet.'

Michael klemde zijn tanden op elkaar alsof hij op het punt stond het uit te schreeuwen. In de plaats daarvan zei hij: 'Ik heb haar ten huwelijk gevraagd. Dat is alles. Ze was het enige meisje dat ik ooit gewild heb. En moet je horen! Wonder boven wonder zei ze ja. En toen moest die smeerlap er zo nodig vandoor gaan. Ze maakte een einde aan de relatie, aan alles eigenlijk. We waren zelfs geen vrienden meer. Ik kreeg de politie over de vloer om me te ondervragen. Ze gaf mij de schuld, dat kan niet anders. Ik bedoel, wat moest ik ervan denken?'

'Zei ze dat het jouw schuld was?'

Michael keek op. Er blonken tranen in zijn ogen en Slim voelde spijt. 'Ik heb welgeteld eenmaal met haar gesproken sinds de dag dat ik haar ten huwelijk gevraagd heb. Ze zei dat ik een vergissing was geweest. Dat wij een vergissing waren.'

'En heb jij het daar gewoon bij gelaten?'

'Natuurlijk niet. Maar kort daarna stond de politie voor mijn deur. Ik was hun hoofdverdachte. Ik zat drie dagen vast terwijl ze zo goed als een bekentenis uit me probeerden te wringen. Dat kalmeerde me wat en tegen dat ik vrijkwam, was ik de moed verloren. Uiteraard probeerde ik haar te contacteren. Ik ging bij haar langs, maar ze was er niet, ze was ergens gaan studeren. Af en toe zag ik haar vanop een afstandje, maar ik raakte nooit in haar buurt en ik was bang.'

'Bang dat ze je ergens van zouden beschuldigen?'

'Ik was twintig op dat moment. Ik dacht dat ik van Celia hield, maar het idee om heel mijn leven opgesloten te zitten voor moord... nee, bedankt.'

'Maar zonder lijk...'

'Ze konden nog altijd een vinden. Hoe kon ik weten dat hij twintig jaar later nog steeds vermist zou zijn?'

'Wat heb je dan gedaan?'

'Wat denk je? Ik hield me gedeisd, hield mijn mond dicht en probeerde niet te denken aan... haar.'

Slim knikte. 'Dus je vroeg haar ten huwelijk, hé?

Waarom Celia? Ik heb gehoord dat ze nogal... losse zeden had.'

Michael haalde zijn schouders op. 'De mensen mogen vertellen over haar wat ze willen. Het waren allemaal leugens. Celia was een goed mens die in een slechte situatie zat.'

Slim fronste. 'Vertel eens wat meer over die slechte situatie.'

Michael wreef in zijn ogen en schudde zijn hoofd. 'Ik heb hier geen tijd voor. Ik heb het lang geleden allemaal achter me gelaten. Waarom moet jij dat nu allemaal komen oprakelen?'

'Zoals ik al zei: er is iemand die wil weten wat er gebeurd is met Amos Birch.'

'Wie?'

'Het spijt me, maar dat kan ik je nu niet zeggen. Misschien later, als ik wat vooruitgang boek. Antwoord nog op één vraag. Denk je dat Celia hem vermoord kan hebben? Je weet toch dat zowat negentig procent van alle moorden gebeurt door een familielid of dichte vriend...'

Michael lachte even bitter. 'Sla me niet met statistieken om de oren. Ik kijk naar dezelfde misdaadfilms als jij. Nee, ik denk niet dat ze hem vermoord heeft. Ik dacht dat ze van me hield, maar ze verafgoodde haar vader. Hij betekende alles voor haar. Wat ik wel absoluut kan geloven, is dat ze haar moeder om zeep gebracht heeft. Dat mens was een draak in een metalen stoel.'

'Mary?'

'Ja. Ze hield Celia onder de knoet als een dictator en zat er met de zweep achter.'

'Sloeg ze haar?'

Michael wuifde weer met zijn hand. 'Goh, ik weet niet of ze het letterlijk bedoelde. Celia zei dat het allemaal met reputatie te maken had. De schijn hooghouden voor de reputatie van haar vader en dat Celia haar familie te schande maakte door niet meer haar best te doen op school en geen perfecte dochter te zijn. Wat hem betreft, hij leek er zich niets van aan te trekken zolang hij met rust gelaten werd met zijn machines.'

'Klokken?'

'Dat is wat hij verkocht, maar hij maakte van alles heb ik gehoord. Opwindbaar speelgoed en dat soort dingen. Mechanische dingen. Dingen die hij maakte en verkocht aan gespecialiseerde verzamelaars in het buitenland. Die man leek wel een tovenaar met zijn handen. Toen ik opgroeide was hij een legende in Penleven, het soort man wiens huis je voorbijliep en zei: 'Dit is waar die man woont'. Ik bedoel, hoe kon Celia daar ooit aan tippen?'

'Dus je begrijpt haar gedrag wel?'

'Ze had een paar kerels gehad, en dan? Alsof de meesten onder ons niet hetzelfde zouden doen als we de kans hadden. Ben jij nooit een tiener geweest?'

Slim knikte. 'Een keer. Ik heb me er een weg doorgedronken.'

'Ik vond haar leuk omdat ze zich geen reet aantrok van wat anderen over haar dachten. Een vrije geest en zo. Zo'n meisje had eigenlijk niet geïnteresseerd mogen zijn in een kerel als ik, maar ze was het wel en ik was niet van plan om dat te laten schieten.'

'Wat je over haar moeder zei... wat bedoelde je daarmee?'

'Mary Birch was een tiran. Ze had MS en zorgde ervoor dat iedereen die ze tegenkwam goed wist hoe ongemakkelijk dat wel was en dat de hele wereld verantwoordelijk was. Om heel eerlijk te zijn, na hoe Celia haar beschreef en na wat ik zelf gezien heb, verbaast het me dat de ouwe Amos nog zo lang gebleven is. Er had al jaren voor hij ervandoor ging iemand een mes in de rug van die oude heks moeten steken.'

32

SLIM KEEK NAAR de stapel afdrukken in zijn hand terwijl hij door de deur van de B&B naar buiten kwam; hij dacht eraan dat het tijd was om de kosten te bespreken met Celia en om te overwegen een secretaresse aan te werven.

Voor een keer was het een heldere dag met een felle zon, ook al voelde de lucht koud aan. Slim wandelde door het dorp langs de Trelee road tot aan de bank in de berm in de buurt van de Worthboerderij. Hij ging zitten, glimlachte naar het uitzicht over Bodmin Moor en ging dan aan het werk.

Bedrijfsinformatie over elke horloge- of klokkenmaker die hij online kon vinden, heel veel informatie over het proces om een horloge of een klok te maken, het soort materialen dat gebruikt wordt en alles wat hij over Amos Birch kon vinden: verkoopgegevens, recensies, promotiemateriaal. Er was minder dan hij gehoopt had, maar toch nog veel meer dan hij in een paar uur door kon nemen. Het was het soort zoekwerk — een naald-in-een-hooibergzoektocht - dat een rechercheteam aan jonge agenten toe zou wijzen. Slim vroeg zich onbewust af of June geïnteresseerd zou zijn in een verandering van carrière: ze had het soort gezicht dat woendende klanten weg zou jagen en als hij genoeg zijn ongelooflijke detectivevaardigheden zou laten zien, kon hij haar misschien het soort bewondering bijbrengen dat zijn kwetsbare zelfvertrouwen nodig had.

Hij glimlachte wrang. Wishful thinking, maar nee. Hij was een eenpersoonsgroep en het zware werk was alleen voor hem.

Toen hij begon te lezen, realiseerde hij zich dat hij niet eens zeker wist waar hij naar zocht. Dus liet hij zijn geest de vrije loop en wachtte tot er hem iets op zou vallen.

Een uur later legde hij zijn pen neer en staarde door de bladeren van de bomen die achter de Worthboerderij stonden naar de heuvels van Bodmin Moor verderop. De Amos Birchzaak was een verwarde puinhoop en hij snakte naar een glas.

Om niet in de verleiding te komen, klauterde hij over het draaikruis en stak het veld over tot aan de klaterende beek achter de Worthboerderij, terwijl hij ondertussen oplette voor de agressieve eigenares van de boerderij. Een rij van knoestige bomen van een tiental meter hoog hing over de haag die de laagste helling afboorde en hun bovenste takken waren gebogen van de altijd aanwezige wind waardoor ze van de modderige oever van de beek een tunnel maakten. Slim liep op wankele benen door de losse stukken turf en verborgen stenen tot hij de verste kant bereikte, waar de rij bomen plots geen tunnel meer vormden, alsof de twee helften van de rij door twee verschillende generaties aangeplant waren. De kortere bomen hier stonden verder uiteen dan de andere, bijna afgemeten.

Slim fronste. Ze begonnen nog maar net te botten, maar hij vond een paar droge, afgevallen bladeren op de grond. Hij raapte ze op en stopte ze in zijn zak.

Toen hij weer in de B&B was, klopte hij op de deur van mevrouw Greysons woonkamer. Hij hoorde een groggy 'kom binnen' en toen hij de deur opende, zag hij dat ze naar een oude heruitzending van *Cheers* aan het kijken was met een glas vol amberkleurige vloeistof in haar hand. De aandrang om de cognac uit haar hand te grissen en zelf uit te drinken, was zo sterk dat Slim een stap achteruit zette. Hij ademde diep in en concentreerde zich op de oude klok die loom tikte op de schouw, elke seconde was zo'n moeizaam trillende klus dat ze op het punt leek te staan stil te vallen. Het was even over drie, wat Slim verraste, want hij dacht dat het al veel later was.

'Daar moet u niet naar kijken, ze loopt achter', zei mevrouw Greyson die zijn blik volgde. 'Ze heeft nooit juist gelopen. Kan ik u ergens mee helpen, meneer Hardy? Ik veronderstel dat dit geen vriendschappelijk bezoekje is?'

'Ik kwam vragen of u een boek over de natuur heeft dat ik zou kunnen lenen? Bloemen en planten?'

Mevrouw Greyson zuchtte. 'Zie ik eruit als een bibliothecaresse?' Voor Slim kon antwoorden dat ze er inderdaad als een bibliothecaresse uitzag, net zozeer als ze er uitzag als de eigenares van een B&B, wuifde ze naar een boekenkast naast de tv. 'Daar staat er een. Dat grote boek met de witte rug. Met harde kaft.

'Dank u.'

Terwijl de afkeurende blik van mevrouw Greyson hem volgde, nam Slim het boek en ging dan naar zijn kamer.

De bladeren die hij opgeraapt had, waren al zo rot dat het moeilijk vast te stellen was wat hun originele vorm geweest was, maar door de bladeren te elimineren die ze zeker niet waren, kreeg Slim er vertrouwen in dat de bomen die langs de achterkant van de Worthboerderij stonden lindes waren.

Het geslacht *Tillia* was in Duitsland bekend als linde, waar ze vaak gebruikt werden voor het maken van koekoeksklokken omdat het hout ervan licht en makkelijk uit te snijden was. Ook al had de onophoudelijke wind van de heide hun typische piramidevorm veranderd, het was duidelijk dat Amos de bomen geplant had om zijn eigen voorraad hout te hebben.

Maar doordat de lindes hardhout waren en dus traag groeiden, een veertigtal centimeter per jaar, moet Amos geweten hebben dat het tientallen jaren zou duren voor ze groog genoeg waren om gebruikt te kunnen worden. Slim schatte dat de kleinste bomen ongeveer vijfentwintig jaar oud moesten zijn, wat betekende dat Amos ze niet lang voor zijn verdwijning geplant had en erop gerekend had dat ze jarenlang hout zouden leveren voor zijn projecten.

Slim stond zichzelf een klein tevreden knikje toe. Het was een klein spoor, maar toch een spoor.

'Je was van plan om terug te komen, hé?' fluisterde hij terwijl hij staarde naar een kleine pentekening van Amos Birch die hij gevonden had op een website met recensies van klokken. 'Waar je ook heen ging, je was van plan om terug te komen.'

Plymouth had veel meer te bieden dan Tavistock of Liskeard. Nadat de receptionist in het kantoor van de burgerlijke stand hem verteld had dat het verwerken van zijn verzoek een paar uur zou duren, ging Slim naar Plymouth Hoe, waar hij een gure wind trotseerde om naar Drake's Sound te kijken. In de verte, op het Kanaal, leken twee containerschepen recht op elkaar af te stevenen, de afstand tussen hen was vertekend door hun grootte en het immense oppervlak woelig, grijs water. Slim, die gekleed was in een splinternieuwe jas die volgens hem paste bij zijn status van privédetective en een wollen muts die dat zeker niet deed, begreep nu pas het overweldigende, claustrofobische gevoel dat standaard samenging met kleine heidedorpjes zoals Penleven. Niet te verwonderen dat Celia eraan had willen ontsnappen. Telkens hij voorbij de winkel of het café liep, voelde hij de aantrekkingskracht van de drank die er verkocht werd sterker dan ooit. Nog maar net de vorige avond, nadat mevrouw Greyson naar bed was gegaan, was hij naar beneden geslopen en onder begeleiding van het lome getik van de klok had hij een fles cognac uit een kast in haar woonkamer gehaald en in zijn handen rondgedraaid. Ze was halfvol geweest en alles eraan had hem aangetrokken: het geluid dat de vloeistof maakte als het klotste tegen het glas, het gevoel van de dop, de kleur van de cognac,... zijn handen trilden als hij haar terugzette. Hij had de kracht gevonden om zich om te draaien en weg te gaan, maar het zou niet lang meer duren voor hij weer bezweek. De geest van Amos Birch riep hem, onzichtbare vingernagels krabden aan zijn vastberadenheid.

Hij had afgesproken met Celia na de lunch. Ze had hun vorige afspraak afgezegd omwille van onverwachte omstandigheden, misschien iets in verband met haar job, maar ze had verder geen uitleg gegeven. Hij wilde haar goed nieuws brengen, maar naast een paar vage ideeën had hij nog niet veel om verder aan te werken. Celia had alle troeven in handen volgens hem. Iets dat ze zou zeggen, zou tot een doorbraak leiden, maar hij kon haar nog steeds niet van zijn lijstje met verdachten schrappen. Ze was het middelpunt van alles.

Een uur later, weer in het kantoor van de burgerlijke stand, haalde hij het document op waarop hij wachtte - een kopie van de overlijdensakte van Mary Birch. Tot zijn frustratie was er niets verdachts aan. Mary Birch, voorheen Merrifield, geboren op 9 oktober 1949, was gestorven aan een infectie van de urinewegen toegeschreven aan complicaties door multiple sclerose, op 14 juni 2006.

Slim diepte zijn notitieboekje op en checkte alles zoals gewoonlijk, maar er was geen duidelijk verband met de andere data en de oorzaak van overlijden was een veel voorkomende complicatie van haar allesoverheersende ziekte. Hij had ook wat informatie geprint over algemeen verkrijgbare chemische substanties die als basis voor vergif gebruikt konden worden, maar overlijdens door vergif waren meestal hartfalen of ademhalingsproblemen.

Het leek er dus op dat Mary Birch, ondanks alle intrige dat het anders had kunnen veroorzaken, een pijnlijke, maar verder ordinaire dood gestorven was.

Slim kocht fish-and-chips en trok dan naar de haven waar hij op een bankje naar de zee zat te kijken toen Celia arriveerde. Ze plofte naast hem neer, zuchtte en haalde meteen een sigaret boven.

'Sorry', zei ze.

Slim, die niet precies wist waar ze het over had, zei: 'Drukke dag op het werk?'

Celia haalde haar schouders op. 'Er was iemand ziek.'

'Ik heb nog wat navraag gedaan', zei Slim. 'Veel wijzer ben ik niet geworden. Ik vroeg me af of je een lijst kon vinden van ex-werknemers op de boerderij van je vader. Een van hen weet misschien iets.'

'Ik betwijfel het', zei Celia.

'En Michael?'

Celia keek hem met een ruk aan. 'Wat is er met hem?'

'Ik heb met hem gesproken.'

Zonder een woord stond Celia recht en begon ze

weg te lopen. Even dacht Slim dat ze vertrok, maar toen stopte ze en zwaaide met haar handen alsof ze er water van af wilde schudden, keerde zich om en marcheerde met een wilde blik terug.

'Ga niet zomaar met mensen praten zonder het me eerst te vragen.'

'Waarom niet?'

'Omdat het allemaal leugens zijn. Hij weet niets. Hij dacht dat hij me kende, maar hij weet niets.'

'Hij hield van je. Dat heeft hij tegen me gezegd. Ik denk dat hij nog steeds van je houdt.'

Celia draaide zich om en toen ze zich terugdraaide, stonden er tranen in haar ogen.

'Pijnig me niet, Slim. Pijnig me niet met wat ik had kunnen hebben. Je weet niet wat er gebeurd is. Je weet er helemaal niets over.'

Hij wilde haar dooreenschudden, maar dwong zijn handen in zijn zakken waar ze minder kans maakten hem te verraden. 'Vertel het me dan. Ik kan je vader niet vinden tenzij je me vertelt wat je weet.'

Celia ging snikkend weer op de bank zitten. Slim gaf haar een zakdoekje en voelde zich een beetje schuldig omdat het al minstens twee weken in de achterzak van zijn jeans zat.

'Ik was pas negentien, ik weet het', zei Celia. 'Na alles wat er gebeurd is, voelde ik me zoveel ouder. Ik was nog niet erg lang samen met Michael, maar ik had het volste vertrouwen in hem. We hadden een klik en toen hij me vroeg... zei ik natuurlijk ja. Ik vertelde het tegen mijn ouders en mijn moeder ontstak in een enorme woede... ik was verbijsterd. Ze verweet me voor al wat mooi en lelijk is. Ze noemde me een slet, zei dat ik gek was en dat niemand met zo'n halvegare als ik wilde trouwen. Ik vroeg aan mijn vader om Charlotte daar weg te halen, dus ging hij naar zijn atelier. Hij had nooit van onze ruzies gehouden en ik zag dat hij blij was dat hij weg mocht gaan. Het was altijd ik en mijn moeder. Ik bood altijd weerstand tot ze me overtroefde, maar mijn vader wilde altijd vluchten en Charlotte was nauwlijks van bij hem weg te slaan. Dat was de laatste keer dat ik hen allebei zag.'

Slim knikte. 'Dus je denkt dat hij daarom weggegaan is?'

'Ja.'

'De woede van je moeder dreef je vader ertoe er met Charlotte vandoor te gaan en toch geef je Michael de schuld? De man die van je hield?'

'Nadat mijn vader verdwenen was, werd Michael een verdachte. Ik schaam me het toe te geven, maar ik verdacht hem ook. Hij wachtte die avond namelijk buiten op me. Ik was van plan geweest hem naar binnen te roepen nadat ik hen verteld zou hebben dat ik verloofd was, maar ik redetwistte urenlang met mijn moeder en toen ik eindelijk naar buiten ging, kon ik hem niet vinden. Hij moet ons hebben horen roepen en ervandoor gegaan zijn. Toen besloot ik mijn vader te zoeken, want het was tijd voor Charlotte om naar bed te gaan. Zijn atelier was leeg en ze waren allebei weg.'

Slim stak zijn hand op. 'Wacht even. Dus Michael was buiten toen je vader verdween?'

'Ja.'

'Dus heeft hij misschien iets gezien.'

Celia schokschouderde. 'Tja, dat kan. Toen ik hem een paar dagen later sprak, zei hij dat hij het wachten beu geworden was en naar huis gegaan was. Hij werd ondervraagd door de politie, maar had niets te melden. Om eerlijk te zijn had ik ook mijn twijfels, maar het was stom zo te denken. Michael was een caféganger, maar hij was niet het soort man dat een oude man en een kind zou doden. Hij was ruw aan de buitenkant, maar zacht aan de binnenkant. Daarom hield ik van hem. In al de tijd die we samen waren heeft hij zelfs niet een keer zijn stem verheven tegen me.' Celia trok haar neus op en veegde een traan weg. 'En ik zat hem nochtans af en toe in de veren. Met mij was hij een echte heer.'

'Hij zei dat jullie sinds zijn huwelijksaanzoek maar een keer gesproken hebben.'

Celia wuifde met haar hand alsof ze de vraag wilde wegwuiven. 'Ik belde hem een paar dagen later om de verloving te verbreken. En toen heeft hij me verteld dat hij naar huis ging.'

'Maar niet meteen nadien?'

'Ik was kwaad. Ik gaf hem van alles de schuld en toen mijn moeder zijn naam doorgaf aan de politie werd hij in hechtenis genomen. Ze hadden geen enkele aanwijzing, behalve een vaag motief, dus werd hij losgelaten. Mijn moeder deed haar best om hem bij verschillende gelegenheden opnieuw te laten arresteren en beweerde dat hij verantwoordelijk moest zijn bij gebrek aan andere mogelijkheden, maar naarmate de tijd verstreek en we geen teken van leven kregen van mijn vader of Charlotte, raakte de zaak tegen hem in de vergetelheid. Voor mij veranderde het echter alles.'

'Je associeerde Michael met de verdwijning van je vader en je dochter dus kon jullie relatie nooit meer dezelfde zijn?'

Celia knipte met haar vingers. 'Zo is het precies. Je zou therapeut moeten worden.'

Slim glimlachte. 'Dat heb ik al meer gehoord, maar ik krijg genoeg doodsbedreigingen met mijn huidige job, ik wil er niet nog meer riskeren. En bleef Michael op de Worthboerderij werken?'

'Oh, nee, hoor. Mijn moeder ontsloeg hem. Hij kwam nooit meer terug.'

Slim knikte traag. Hij probeerde het zich voor te stellen: een daverende ruzie, Amos Birch die een klein meisje oppakt en uit de kamer draagt, maar in plaats van het meisje naar haar slaapkamer te brengen, ging hij naar zijn atelier en dan naar de heide. Met het meisje in zijn armen liep hij tot halverwege Rough Tor, begroef een klok in de turfgrond en liep dan verder om nooit meer terug gezien te worden.

Nee.

Het was onmogelijk.

'Je hebt gezegd dat ze voetafdrukken gevonden hebben', zei hij.

'De politie? Ja. Dat hebben ze toch tegen mijn moeder gezegd.'

'Maar slechts van één persoon? Droeg je vader je dochter? Het hele eind? Dat moet lastig geweest zijn voor hem. Ik bedoel, die klok die ik gevonden heb is zwaar en een meisje van drie jaar weegt, wat... een vijftiental kilo op zijn minst. In die video's ziet hij er best mager uit...'

'Hij was sterker dan hij eruitzag', zei Celia. 'Hij was eerder pezig dan gezet, maar werken op een boerderij en al zijn hobby's... vroegen meer inspanning dan je zou denken.'

'Maar om haar en die klok te dragen...'

'Luister, ik weet niet hoe hij het voor elkaar gekregen heeft. Misschien heeft iemand Charlotte meegenomen en is hij er achteraan gegaan.'

'Denk je dat echt?'

Celia haalde haar schouders op en staarde dan met een harde blik naar Slim. 'Als ik de antwoorden kende, zou ik nu niet met jou aan het praten zijn, hé?'

Voor Slim kon reageren, keek Celia abrupt op haar horloge. Ze schudde heel even met haar hoofd alsof de tijd zelf haar frustreerde en ging dan staan terwijl ze tegelijkertijd een sigarette uit haar zak opdiepte. 'Ik moet weg. Hou contact. En bedankt, Slim.'

'Ik heb nog niets gedaan.'

'Dat komt wel, daar ben ik zeker van.'

Slim keek haar fronsend na toen ze wegliep. Celia leek wel een reduceerklep die af en toe gelost wordt. Ze verschafte hem nu en dan plots informatie, maar hield veel voor zich ook. Het was te vroeg om haar als een verdachte te beschouwen, maar als er iemand verdacht was, was het wel Celia.

34

IN EEN POGING om zich niet weer de toorn van mevrouw Greyson op de hals te halen, duikelde Slim een door de regen doorweekt visitekaartje op uit zijn portefeuille. Hij koos wat hij kon zien van het nummer van Lakeview en liet een boodschap achter op de voicemail waarmee hij liet weten dat hij de nacht in Plymouth zou doorbrengen. Daarna doolde hij rond tot hij een goedkoop hotel vlakbij de Hoe gevonden had, waar hij in een kelderkamer introk.

De bibliotheek ging later open dan dat de laatste bus reed en bevatte een veel groter krantenarchief. Nadat hij een broodje en een espresso als avondeten gehaald had, zocht Slim in een databank op de computer naar Amos' naam, waarna hij zijn zoekopdracht verfijnde op datum om de artikelen te vinden die over het onderzoek gingen. Dit keer zocht hij naar iets heel specifieks en hij vond het.

In verschillende artikelen was er sprake van een

belangrijk politieonderzoek in de omliggende heide. En telkens werd vermeld dat er niets interessants gevonden was.

Bodmin Moor was groot, maar niet te vergelijken met Dartmoor of Lake Dstrict. Dat geen enkele toevallige wandelaar in de voorbije twintig jaar de klok opgegraven had, was aanvaardbaar, maar dat een uitgebreid politieonderzoek niets opgeleverd had?

Hoogst onwaarschijnlijk. Slim schudde zijn hoofd. Eerder onmogelijk.

Dat leverde hem een vreemde mogelijkheid op: dat de klok en het briefje dat erin zat later begraven waren, nadat het politieonderzoek afgerond was.

Ofwel was Amos Birch teruggekeerd om het te doen, ofwel had iemand anders het gedaan.

Iemand die dan allicht wist waar hij was na zijn verdwijning.

En er was nog iets dat bleef terugkomen: de naam van een politie-inspecteur die met de zaak verbonden was, Mark Cassell. In een opwelling zocht Slim de naam op in het telefoonboek en hij vond slechts drie Cassells met de voorletter m. Zijn eerste telefoontje werd beantwoord door een vrouw die hem verweet haar iets te willen verkopen, maar het tweede door een norse stem die bevestigde dat hij een gepensioneerde politieagent was en akkoord ging om af te spreken.

Zo kwam het dat Slim in een café vlakbij de haven terechtkwam, waar hij tegenover een man van in de zeventig zat met strenge trekken en harde ogen die geen twijfel lieten over wat zijn beroep was geweest. Er lag een Duitse herder met zijn kop op de voeten van de man en telkens Slim hem in de ogen keek, gromde hij. Voor Slim zich realiseerde wat hij deed, had hij al een slokje genomen van de pint die klaarstond voor hem.

'U bent journalist, hé?'

'Documentairemaker', zei Slim die zijn oude dekmantel weer gebruikte. 'Ik ga de mogelijkheid na om een film te draaien over de verdwijning van Amos Birch...'

Cassell flapperde met een hand. 'Dat zei u aan de telefoon. U verdoet uw tijd.'

'U had de leiding over het onderzoek?'

'Dat klopt. Die man liet zijn vrouw in de steek. Dat is het zo ongeveer. Dat gebeurt zo vaak. Er werd zoveel ruchtbaarheid aan gegeven omdat hij bekend was en geen spoor achtergelaten heeft, maar er is meer aandacht en politiemiddelen aan besteed dan het verdiende.

'Bent u zeker dat hij ervandoor gegaan is?'

'Absoluut. En ik geef hem geen ongelijk. Ik heb zijn vrouw verschillende keren ondervraagd en ze was het akeligste mens dat ik ooit ontmoet heb. En ik bedoel niet alleen hoe ze eruitzag - ze was geen schoonheid, geloof me - maar alles aan haar. Ze vloekte harder dan wij op de politieacademie deden, ze had voor niemand een goed woord over en ze ging met zijn verdwijning om als met een zakelijke transactie in plaats van iets persoonlijks.'

'Hoe bedoelt u?'

'Hij was nogal bekend en ze hield wel van de rijkdom die dat met zich meebracht. Hun huis stond vol rommel, allerlei rotzooi die ze online en van tv kocht, toen dat nog iets nieuws was om te doen. Ze zei tegen ons dat ze hem echt zou vermoorden als we hem vonden. Ze gaf geen enkele bezorgdheid over zijn welzijn te kennen, behalve hoe zij erdoor bekeken zou worden.

'Denkt u niet dat er een kans is dat zij verantwoordelijk was voor zijn moord?'

Cassell lachte. 'Geen enkele. Zelfs al zou ze er fysiek toe in staat geweest zijn, ze had geen enkel motief. Ze had gewoon geen enkele reden om hem te vermoorden.'

Zonder zich echt bewust te zijn van wat hij deed, maar met spijt over elke stap, stond Slim aan de bar om een tweede rondje te bestellen. Wanneer hij weer neerzat, zei hij: 'En hoe zit het met de dochter?'

'Celia Birch? Die was al niet veel beter. Ze heeft een van de jonge agenten verleid. Hij heeft er een straf voor gekregen. Verloor zijn job bijna, maar wij zouden de pineut geweest zijn als er een zaak van gekomen was. Gecompromitteerde getuige en zo.'

Slims mond viel open. 'Heeft ze geslapen met een van de agenten die aan de zaak werkten?'

'Het meisje had nogal losse zeden, laten we het zo stellen. En ze was mentaal niet helemaal in orde. Ze ratelde, was nauwelijks te verstaan. We hebben speciale verbindingspersonen moeten inzetten om haar te ondervragen. Een van de agenten in opleiding raakte te nauw betrokken.'

'Maar ze werd nergens van verdacht?'

'Natuurlijk wel. We gingen ervan uit dat zij en haar vriend er samen achter zaten, maar ook daarvoor was er weer geen motief en geen bewijzen. Als ze de moeder hadden geliquideerd, was het anders geweest. We zagen dat er veel wrijvingen tussen hen waren, maar tussen de vader en het meisje... die waren duidelijk heel hecht. Hij was letterlijk de laatste persoon die ze geliquideerd zou hebben. Wat natuurlijk niet betekent dat het niet gebeurd is. Maar met negenennegentig procent zekerheid. Onmogelijk.'

'En haar vriend werd gecheckt? Ik heb gehoord dat hij een verdachte was.'

'Vooral omdat hij gelogen had. Hij had ons verteld dat hij thuis was die avond. Zij had ons verteld dat hij buiten stond te wachten. Hoedanook, zodra hij begon te huilen en opbiechtte dat hij bang geworden was, hadden we niets meer tegen hem. Geen motief, geen bewijs.'

De Duitse herder keek op en gaf een zacht blafje, alsof hij wilde bevestigen wat de agent beweerde.

'Ik heb gehoord dat Celia een kind had', zei Slim behoedzaam; hij twijfelde hoeveel hij prijs moest geven. 'En dat Amos Birch het kind meegenomen heeft toen hij vertrok.'

'Er deden veel geruchten de ronde over dat gezin', zei Cassell. 'Tijdens het onderzoek heb ik niets gehoord over een kind. Het ging over de verdwijning van een persoon, geen twee. Anders zou dat iets zijn om opnieuw te bekijken.'

'Als ik hier bewijs voor had, zou dat iets aan de zaak veranderen?' vroeg Slim en hij dacht aan de video's en de korrelige beelden van Amos Birch die Charlotte op zijn arm heeft. Hij had er een van naar Kay gestuurd om te analyseren, maar de rest lag verborgen onder zijn matras. Celia had haar souvenirs teruggevraagd, maar

Slim was er tot nu toe in geslaagd de boot af te houden.

'Ik ben al lang met pensioen, maar ik heb collega's die nog jong waren toen het gebeurd is. Die zouden wel geïnteresseerd zijn, daar ben ik zeker van. Zoals ik al zei, er waren geen aanwijzingen dat er een kind was. Er was geen kind ingeschreven op het adres en er was niets dat erop wees dat daar ooit een kind gewoond had. We hebben een huiszoeking gedaan tijdens het onderzoek, maar behalve een enorme hoop rotzooi... niets.'

'Er was dus helemaal niets verdachts?'

Cassell leunde voorover. 'Volgens mij alleen de vertraging.'

'Welke vertraging?'

'Birch was al bijna twee volle dagen verdwenen voor dat aangegeven werd. De moeder gaf als uitleg dat hij dat soms deed, ervandoor gaan om alleen te kunnen zijn. Er was geen bewijs, dus voerden we een forensisch onderzoek uit aangezien ze tijd hadden gehad om op te ruimen. Maar een gekke tiener en een vrouw in een rolstoel? Die hadden toch iets moeten achterlaten. Nee, helemaal niets. En Celia en haar vriend hadden zelfs hun verhalen niet op elkaar afgestemd. We hadden geen enkel spoor. Alleen de voetsporen van herenschoenen in het slijk op het pad dat naar de heide leidt, een man die weggaat.'

'En niemand uit de buurt heeft iets gezien?'

'We hebben de nodige ondervragingen gedaan natuurlijk. Birch was een mysterieuze, maar graag geziene man. Hij was op persoonlijk vlak niet erg bekend blijkbaar, hoewel hij een paar klanten in de buurt had voor wie hij af en toe oude klokken herstelde. Enkele onder hen waren erg aangedaan toen ze hoorden dat hij verdwenen was, maar niemand had hem gezien.'

Slim nam een slok van zijn bier en was zich ervan bewust dat er nu drie lege glazen bij hem stonden en bij Cassell maar twee.

'Dus u denkt dat het een uitgemaakte zaak was? Niets dat op kwaad opzet wees?'

Cassell leunde voorover en kwam dan langzaam overeind alsof het een grote inspanning vroeg. 'Ik zal u mijn nummer geven voor als dat miraculeuze nieuwe bewijsmateriaal boven water komt, maar ik weet wel wat u wil. Tv-mensen zijn allemaal hetzelfde. Jullie zijn op zoek naar een mysterie dat er gewoon niet is. Er verdwijnen elk jaar meer dan vijfhonderd mensen in Devon en Cornwall alleen. Van de meesten wordt er nooit meer iets gehoord. Zijn die allemaal vermoord? Sommigen beslist wel. Maar de meesten?' Hij schudde even vermoeid met zijn hoofd. 'Ik wens u een goede avond, meneer.'

Slim ging staan en keek toe terwijl hij vertrok; zijn hond trippelde rustig naast hem mee. Daarna ging hij weer zitten en nam zuchtend een lange teug van zijn bier.

Nog een doodlopend spoor. Hij zou terug moeten naar zijn kamer, wat notities maken, wat rusten, maar hij was al dronken.

Hij kon evengoed nog een biertje drinken.

35

Mevrouw Greyson zag eruit alsof er een onweer gepasseerd was dat zijn sporen op haar gezicht nagelaten had.

'Ik kan het niet waarderen dat mijn B&B gebruikt wordt als opvangcentrum', snauwde ze. 'Als het nodig is dat u komt en gaat wanneer het u uitkomt, dan stel ik voor dat u een andere plaats zoekt voor de rest van uw verblijf.'

'Ik heb gebeld... ik heb u een boodschap nagelaten.'

'Nee, meneer Hardy, u hebt niet gebeld.' Met een strenge vinger wees ze naar de telefoon op de tafel in de hal. 'Ziet u een lampje knipperen? Nee, hé, wel ik ook niet. Geen boodschappen. Als u geen volwassen man was geweest, had ik misschien de politie gebeld.'

Slim fronste en probeerde zijn gedachten op een rijtje te krijgen ondanks zijn vreselijke kater. Hij was zeker dat hij haar gebeld had. Hij morrelde met zijn telefoon in zijn zak, vastbesloten het te controleren, maar slaagde er alleen in hem op de deurmat te laten vallen tussen een handjevol brieven die aan mevrouw Greyson geadresseerd waren. Hij greep ernaar, maar zijn handen trilden. Hij had nog niets gedronken sinds hij de avond voordien bewusteloos was geraakt en als bij wonder wakker was geworden in de kamer die hij gehuurd had. Weer negen uur zelfbeheersing, weer een nutteloos zandkasteel dat uiteindelijk, onvermijdelijk, overspoeld zou worden door het meedogenloze getij. Tegen dat zijn vingers tegen hun zin de lijst met recente oproepen had geopend en hij ontdekte dat hij per ongeluk een boodschap ingesproken had op een nummer dat drie andere cijfers bevatte dan het nummer dat groot en opvallend geprint was en aan de muur boven de telefoon van de B&B hing, was mevrouw Greyson al onder hem gedoken om haar post te redden van het modderige gevaar van zijn wankele voeten.

'Wat is er toch met u aan de hand, meneer Hardy?' zei mevrouw Greyson terwijl ze een stap achteruitzette met haar brieven stevig tegen haar borst geklemd.

Voor het eerst dacht Slim een zweem medeleven te zien. 'Ik ben verstrikt in een vervelend web en ik raak er niet uit', zei Slim terwijl hij zijn handen in zijn zakken duwde om het trillen te verbergen, ook al had mevrouw Greyson het al gezien. 'Ik doe alles wat ik kan, maar telkens als ik denk dat ik bevrijd ben, raak ik weer verstrikt.'

Mevrouw Greyson zuchtte. 'Soms is het niet mogelijk je te bevrijden', zei ze naar haar voeten kijkend. 'Soms moet je er gewoon mee leren leven.' En dan voegde ze er met een zeldzame glimlach aan toe: 'Zou koffie helpen? Ik weet hoe ik het soort koffie moet zetten die kan helpen.'

Slim knikte. 'Dank u wel. Als het niet te veel moeite is.'

Mevrouw Greyson trok een wenkbrauw op. 'Is er eigenlijk iets dat zonder veel moeite gaat voor u, meneer Hardy?'

Slim kon niets meer doen dan zijn schouders ophalen. Hij opende zijn mond om te reageren, maar sloot hem dan weer en schudde zijn hoofd.

'Wel, ik heb de ontbijttafel al afgeruimd', zei mevrouw Greyson, 'maar het is een mooie dag, dus als u achteraan in de veranda wil zitten...?'

'Oké.'

Ze voerde hem mee door de eetkamer met haar lege tafels en door twee terrasdeuren naar een houten terras achteraan met uitzicht op een nette tuin. Ordelijke bloembedden omringden een grasveld dat via een lichte glooiing naar een paar bomen leidde waarachter een haag stond die de tuin van de akker ernaast scheidde. Slim wachtte terwijl mevrouw Greyson weer naar binnen ging en dan terugkwam met twee koffies in kleine porseleinen kopjes. Een nipje van de bloedhete vloeistof bevestigde dat ze er wat cognac bij gedaan had.

'Helaas is er niet veel kleur in de tuin in deze periode van het jaar', zei ze. 'Nog een week of twee voor de narcissen er zijn. Ze lijken hier altijd later aan te zijn dan wat je ziet in het weerbericht op de BBC. Het is alsof Penleven vergeten wordt op meer dan een manier.'

'Het is mooi', zei Slim. 'Het moet moeilijk zijn om te

onderhouden. U moet het wel druk hebben aangezien u ook de B&B uitbaat.'

'Ik ben het altijd zo gewoon geweest', zei ze. 'Zelfs voor mijn man overleed.'

'Oh, dat spijt me. Hoe lang is het geleden?'

'Niet lang genoeg', zei mevrouw Greyson plots fel. 'Mijn Roy... hij had een gezicht voor buiten en een voor binnen.'

Slim zei niets. Hij staarde naar de rij bomen met zijn kopje koffie beschermend in zijn handen. De cognac begon al te werken, Slim kalmeerde en zijn hartslag vertraagde. Voor zijn wegebbende ongerustheid kwam een traag sluipend schuldgevoel in de plaats omdat hij weer eens gefaald had.

'Hij reed met een vrachtwagen', zei mevrouw Greyson en ze staarde verloren in de verte. 'Hij was telkens voor een paar dagen, soms een week of langer weg. Als hij thuis was... deed ik af en toe aan zelfmedicatie. Ik weet dus hoe het voelt. U weet wel, wat u doormaakt. Eigenlijk meer dan af en toe, moet ik toegeven. Eerder de hele tijd.'

Slim sloot zijn ogen. 'Het spijt me.'

'Dat hoeft niet. Ik ben het gewoon geworden in de loop der jaren. Grappig hoe dingen veranderen, hé? Ik herinner me onze trouwdag nog en de jaren erna toen we gelukkig waren. Latere gebeurtenissen hebben die herinneringen misschien wat pijnlijk gemaakt, maar ik heb ooit oprecht geluk gekend. Voor een tijdje. Maar we mogen niet gulzig zijn, hé?'

Ze tilde haar kopje op en nipte ervan. Een huivering

en een glimlach verraadden dat mevrouw Greyson zelf ook wat zelfmedicatie toegevoegd had.

'Nee zeker...', zei Slim. 'Wanneer is hij, eh, gestorven?'

'Twee augustus 1998', zei mevrouw Greyson. 'Hij reed op de M4 met zijn vrachtwagen in een dikke mist. Ik zal het telefoontje van de politie nooit vergeten. Ik gebruikte mijn B&B-stem zoals mensen doen, want ik was verschrikt dat het Roy zou zijn om te zeggen dat hij vroeger thuis zou zijn. Maar het was de politie om me te laten weten dat hij vastzat in zijn cabine. De motor was in brand gevlogen en...'

Slim knikte. 'Ik kan het me voorstellen.'

'Op de begrafenis heb ik gehuild wanneer het moest. Het was gemakkelijk om te doen alsof; ik dacht gewoon aan de goede dagen en ik veronderstel dat ik een paar echte tranen gelaten heb voor de man die hij ooit geweest was. Tegen die tijd was ik er een expert in geworden. Je leert op de juiste momenten te glimlachen als je samenleeft met een monster. En de B&B uitbaten... Roy was een lafaard. Hij keek me nooit in de ogen, maar sommige dagen was mijn rug bont en blauw en zo gekneusd dat ik nauwelijks het ontbijt kon dragen.'

Slim veegde een traan weg. Hij dronk zijn kopje leeg en ging rechtop zitten. 'Als ik u ergens mee kan helpen...'

Mevrouw Greyson grinnikte even. 'Ik waardeer het gebaar, meneer Hardy, maar het gaat best goed tegenwoordig. Er moet niet veel gewied worden in mijn tuin en zoals u allicht wel gemerkt hebt, is de B&B zelden volgeboekt. Maar als ik u ter hulp kan zijn... u vindt het harde spul in de kast onder die wankele, oude klok. Drink het niet allemaal op, maar als u nood hebt aan iets dat uw zenuwen kalmeert, hoeft u het niet te vragen.'

'Dank u.'

'Ik zal een paar pond aan uw dagelijks tarief toevoegen om de kosten te dekken.' Ze knipoogde onhandig. 'Dat is een grapje. Ik maak niet veel grapjes, dus u was misschien verrast.'

Mevrouw Greyson ruimde af en Slim ging terug naar zijn kamer. Nadat hij een douche genomen had om de viezigheid van de vorige dag eraf te wassen, trok hij de klok van onder zijn bed en pakte haar uit.

'Wat verzwijg je voor me?' fluisterde hij en hij vroeg zich af of zijn vraag gericht was aan de klok of aan iemand anders, iemand die geheimen verzweeg die de ultieme waarheid konden onthullen.

36

HET DORPSWINKELTJE HAD een ruime voorraad om Slim uit te rusten. Met een flesje van 250 ml Teacher's whisky in zijn binnenzak en een betonschaar in een handdoek gewikkeld in zijn tas trok hij met vernieuwde moed naar de Worthboerderij. Dankzij wat smeermiddel had hij zijn scherpte herontdekt, de vonk die het kampvuur aan zou steken. Hij moest het mysterie doorgronden, de verzegeling die hem buitenhield doorbreken.

De zon begon achter de horizon te zakken en de heuveltoppen van Bodmin Moor strekten lange schaduwvingers over het land toen hij bovenaan het landweggetje aankwam.

Hij nam het pad dat door het aangrenzende veld liep en wachtte tot hij de laagste hoek van het boerderijdomein bereikt had, waar hij ineenkrimpend telkens de doorns in zijn jack bleven haken en zijn huid eronder schramden, de haag inklom. Het had er eenvoudig uitgezien om naar boven te klimmen - een met gras begroeide oever met hier en daar een struik waar veel gaten inzaten - maar de takken hingen lager dan ze eruitzagen en de oever was gladder dan verwacht. Tegen dat hij er aan de andere kant uitgeklauterd kwam, waren zijn kleren doornat en modderig en hij bloedde door alle schrammen.

Het erf lag er doods bij. De late februari verwelkomde de warmte van maart, dus de dieren waren waarschijnlijk nog in een van de vele weiden in de buurt van Bodmin Moor. Achter een laag raam van de boerderij aan de overkant van het erf flitsten lichten, maar het erf zelf was stil.

Hij naderde de schuur van de zijkant langs de haag met de betonschaar over zijn schouder. Licht van de boerderij weerkaatste op de metalen rails aan de deur. Slim stapte erlangs door het vochtige gras, liet zijn vingers langs de oude, stenen muur glijden en ondertussen duizelde het in zijn hoofd door wat hij erin kon vinden. Toen hij bij het voorste pad aankwam, ging hij op zijn hurken zitten en voelde naar het hangslot.

De ketting was dunner dan wat het hangslot verdiende en paste met gemak in de kaken van de betonschaar. Met het instrument klaar om te gebruiken, stopte Slim. Hij zou onmogelijk de ketting kunnen herstellen eens ze doorgeknipt was. Hij zou het kunnen camoufleren, maar de volgende keer dat iemand de schuur zou willen openen, zou die het zien.

Slim haalde het flesje uit zijn zak en nam een lange teug.

'Waar ben je, Amos?' mompelde hij terwijl hij de betonschaar nog een keer optilde.

Er kwam gegrom uit het duister, gevolgd door kort geblaf zo dicht dat Slim een acute paniekaanval kreeg die heviger was dan hij sinds zijn tijd in Irak had gehad. Hij bleef stokstijf staan, kon zich niet meer bewegen, toen iets op hem afstormde met een happende muil. Hij kon net snel genoeg de betonschaar optillen om zijn gezicht te beschermen en sloeg het dier opzij. Het muntte het dan op zijn enkel, maar hij slaagde erin recht te komen en achteruit te wankelen toen het zijn tanden in hem zette.

Een buitenlicht werd aangeknipt. De deur van de boerderij ging open en een mannenstem riep: 'Tom? Wat heb je daar? Een rat?'

Het licht van een zaklamp flitste over Slims gezicht terwijl hij terug bij de haag probeerde te komen. De verwarring van de man veranderde in razernij, een salvo van scheldwoorden werd gevolgd door iets langs en blinkends dat hij optilde naar zijn schouder.

De hond liet los, gromde en probeerde dan opnieuw, maar Slim greep zijn kans om in de haag te duiken. De hond, een of ander soort terriër, bleef op afstand en zijn poten trippelden in rondjes terwijl het onophoudelijke geblaf in Slims oren weergalmde. Boven het lawaai hoorde Slim een vrouw roepen: 'Nee, Trevor!', waarna de enorme knal van een jachtgeweerschot de lucht vulde. De takken ritselden, de hond krijste en vluchtte, en de norse stem van een man riep: 'Ik schiet je kop eraf als ik je vang!'

Terwijl het licht van de zaklamp door de takken

boven hem flitste, probeerde Slim zich aan de andere kant van de omheining naar beneden te laten glijden in het veld, maar dikke takken hielden hem op zijn plaats. Dus wurmde hij zichzelf dan maar dieper in de struiken en uit het zicht, tenzij iemand in de haag klom om te zoeken.

'Heb je hem gezien?' vroeg de vrouw en haar stem klonk dicht bij de haag nu. Slim herkende de stem van Maggie Tinton.

'Hij is naar daar gegaan. Tom heeft een hap uit die rotzak gebeten. Misschien is hij wel aan het doodbloeden.'

Onder andere omstandigheden zou Slim gelachen hebben. De hond had hem goed beetgehad, maar een echte waakhond zou zijn been eraf gebeten hebben.

'Heb je gezien wat hij aan het doen was?'

'Het zag eruit of hij in de schuur probeerde in te breken. Hij moet mijn motor op het oog gehad hebben.'

'Niemand zou dat ouwe ding willen. Ik weet zelfs niet waarom je de moeite doet dat slot te gebruiken.'

'Als je vader...'

'Ach, hou op, Trevor. Wedden dat het zo'n stomme schattenjager was. Het was tenslotte de schuur van Amos Birch. Ik wenste dat de verdomde politie hem gewoon zou vinden en de rust terug kan keren.'

Trevor duwde het jachtgeweer in de haag op nauwelijks een armlengte van waar Slim geklemd zat tussen twee braamstruiken.

'Ik zal eens rondlopen en kijken of ik zie waar die kerel naartoe is. Hij heeft misschien iets laten vallen. Bel jij ondertussen de politie. Tom, kom hier!'

'Ik heb het wel gehad', zei Maggie. 'Ze blijven maar terugkomen. We krijgen een paar maanden rust en dan komt er een of andere vandaal rondneuzen die geen nee aanvaardt. Het kan me niet schelen hoe goedkoop het was. Het was het niet waard.'

'Geef mij toch de schuld niet', zei Trevor. 'Jij wilde het leven van een kasteelvrouwe. We moesten nemen wat we konden krijgen.'

'Wel, misschien moeten we het verkopen.' Ze waren wat verderaf van de haag nu. 'Ik ben deze plek nooit gewoon geworden. Al dat gedoe met de Birches... het laat een wrange smaak na.'

'Oh, stop met zeuren en ga de politie bellen.'

'Als er binnen de tien minuten geen agent opdaagt, schrijf ik naar het gemeentebestuur. Ze zullen je het leven moeilijk maken omdat je dat geweer afgevuurd hebt, wees daar maar zeker van, maar onze veiligheid...'

Ze gingen de hoek om van een gebouw aan de andere kant van het erf. Zodra ze uit het gezicht verdwenen waren, begon Slim zich te bewegen. Hij wurmde zich door de wirwar van bramen, liet zich langs de haag glijden en rende dan door het veld naar het pad en zijn fiets.

Hij trapte hard en was halverwege naar de B&B toen verderop het zwaailicht van een politiewagen zichtbaar werd. Slim sprong van de fiets en bukte zich uit het zicht terwijl hij de fiets vasthield tussen het onkruid; de politiewagen scheurde voorbij.

De deur van de B&B was vergrendeld. In paniek rende Slim naar achteren, klom over de haag naar de achtertuin van mevrouw Greyson en liep dan naar de achterkant van het huis. Zoals hij gehoopt had, was de achterdeur open, dus ging hij naar binnen, trok snel zijn vuile kleren uit en gebruikte ze om zijn nog vuilere schoenen in te wikkelen.

De woonkamer was donker en leeg. Hij was de trap opgelopen en in zijn kamer geslopen toen de telefoon in de hal begon te rinkelen, samen met het gedempte gerinkel van nog een telefoon in de kamer op het einde van de gang, de kamer van mevrouw Greyson.

Het gerinkel stopte. Een deur werd geopend en voetstappen weerklonken op de overloop. Er werd op de deur geklopt.

'Meneer Hardy? Bent u daar?'

Slim telde tot tien voor hij antwoordde en mompelde dan: 'Ja, wat is er?' in de slaperigste stem die hij kon vinden.

'Oh, het zal wel niets zijn. Sorry dat ik u wakker gemaakt heb.'

Geschuifel voor zijn deur. Het geluid van een gedempte stem. En dan stilte.

Slim ademde uit en had het gevoel dat hij zijn adem opgehouden had sinds hij van de Worthboerdij weggevlucht was. Hij knipte een lamp aan en overschouwde de schade.

De bramen hadden ervoor gezorgd dat zijn blote huid eruitzag als pas geverfd traliewerk, maar de hondenbeet was veel erger: een rij gaatjes waaruit bloed over zijn schoen gesijpeld was.

Hij moest maar hopen dat de politie niet te goed zou kijken.

CELIA ZAG ER GESPANNEN UIT; ze rookte haar derde sigaret op rij.

'Ik moet het weten', zei Slim. 'Het zou belangrijk kunnen zijn. De laatste persoon die me leugens mag vertellen, ben jij.'

'Ik heb mijn dochter of mijn vader niet vermoord', zei Celia en ze gooide haar sigarettenpeuk in de haag terwijl ze tegen de motorkap van de Ford Fiesta leunde. De vuile, grijs-blauwe auto verving de Metro die in de garage was voor onderhoud, zei ze.

'Ik zeg niet dat je het gedaan hebt. Er is geen bewijsmateriaal of motief; is dat niet wat de politie gezegd zou hebben? Wat ik wil weten, is waarom je twee dagen gewacht hebt voor je de politie verwittigd hebt.'

Celia's handen beefden. Slim gaf haar de heupfles en ze griste haar uit zijn hand. Ze nam een lange teug voor ze antwoordde.

'Mijn moeder wilde opruimen', zei ze. 'Charlotte

bestond immers officieel niet. Ze wilde haar spullen in dozen stoppen en ze verbergen in een van de schuren waar de politie de moeite niet zou nemen om rond te kijken. Ze zei tegen me dat het allemaal op mijn nek zou komen, dat ik de schuld van alles zou krijgen. Dat ik naar de gevangenis zou moeten.'

Met trillende handen gaf ze me de heupfles terug. Slim nam een slok voor hij reageerde. Dan zei hij langzaam, zodat ze het zeker zou begrijpen: 'Dat verandert de zaak, zie je. Dat is een duidelijke poging om de rechtsgang te belemmeren. Als ik hiermee naar de politie zou stappen, zou het waarschijnlijk volstaan om het onderzoek opnieuw te openen, maar op dit moment ben ik nog bereid om jou en je moeder het voordeel van de twijfel te geven. Waarom zou je Charlottes spullen verbergen tenzij je weet dat ze niet meer terugkomt?'

Celia haalde kregelig haar schouders op. 'Het briefje. We wisten dat hij niet terug zou komen door het briefje.'

'Welk briefje?'

'Hij had een briefje achtergelaten. Of toch een stuk ervan.'

Slim zette een stap weg van de auto en liet de frisse lucht van de parkeerplaats zijn woede verzachten. 'Een briefje? Wat in hemels...' Hij balde zijn handen tot vuisten en wrong ze ineen. 'Is er anders nog iets dat je me niet vertelt? Heb je het nog?'

Celia schokschouderde. 'Je hebt er geen idee van hoe moeilijk dit voor me is. Ik heb het allemaal losgelaten. Ik heb het achter me gelaten. Nee, ik heb het niet, want mijn moeder heeft het verbrand op het fornuis in de keuken, maar ik weet nog wat erop stond.'

Slim duikelde zijn notitieboekje op uit zijn zak en stak het uit. 'Schrijf het op zoals je het je herinnert. Woord voor woord. Laat geen enkel woord weg.'

Celia keek nors als een kind dat berispt werd, maar ze nam het notitieboekje en de pen en krabbelde iets neer. 'Dat is het', zei ze en gaf het me terug. 'Zo goed als ik het me kan herinneren.'

Slim las het hardop. '"Lieve Mary, het spijt me dat ik dit tegen je moet zeggen. Je bent zoveel voor me gaan betekenen, maar ik voel me niet goed op dit moment. Ik heb wat tijd nodig om mijn gedachten op een rijtje te zetten, maar ik beloof..."' Hij keek op naar Celia. 'Waarom eindig je met een beletselteken?'

'Omdat het briefje zo eindigde. Hij had het niet afgewerkt.'

Slim zuchtte. 'Dat is het?'

Celia knikte. 'Het is een beetje als een zelfmoordbriefje, vind je niet? Maar hij heeft het niet afgewerkt. Hij was nooit goed met woorden, mijn vader. Niet te vergelijken met hoe hij met zijn handen was. "ik beloof..." Ik heb me jarenlang afgevraagd hoe die zin had kunnen eindigen. "Ik beloof dat ik terugkom." "Ik beloof dat ik je nooit zal vergeten." "Ik beloof dat ik goed voor Charlotte zal zorgen." Uiteindelijk speelt het geen rol, hé. Hij was er niet meer en zij ook niet.'

'Waarom is het alleen aan je moeder gericht en niet aan jou, denk je?'

Celia zei een hele tijd niets. Dan, zei ze stilletjes terwijl ze tegen haar tranen vocht: 'Dat heb ik me jarenlang afgevraagd. Op dat moment had het... me gebroken.'

'Je gebroken?'

'Mijn moeder was de hel op aarde en mijn privéleven was een nachtmerrie. De enige constante in mijn leven, het enige waar ik op kon rekenen, was mijn vader.'

'Hij zorgde voor Charlotte? In de video's was het nooit jij of je moeder die haar vasthield. Het was altijd je vader.'

Celia hoestte en boog voorover met een verwrongen gezicht. Slim hoorde een schril gefluit als de kapotte uitlaat van een motorfiets.

'Is alles oké?

Celia zag eruit alsof ze het op een schreeuwen zou zetten, maar er was niets anders hoorbaar dan het tenenkrommende gefluit.

'Celia?'

'Ze heeft nooit van me gehouden!' jammerde ze luid genoeg om Slim te doen achteruitdeinzen. 'Ze was meer van hem dan van mij. En doordat ze niet van mij hield, dacht hij dat ik niet van haar hield. Dus nam hij haar mee.'

38

IN DE LEGE cafetaria van een supermarkt die de hele dag geopend is vlakbij de A30 in de buurt van Bodmin dronken ze een zwarte koffie met iets bij zonder nog moeite te doen om nuchter te worden, enkel om wakker te blijven tot alles gezegd was.

'Ik denk dat hij van plan was om terug te komen', zei Slim en hij was er zich van bewust dat hij met een dubbele tong sprak. 'Je hebt het verkeerd geïnterpreteerd. Het briefje maakt duidelijk wat hij bedoelde.'

'Waarom heeft hij het dan niet afgewerkt?'

'Er zijn drie redenen waarom dat gebeurd kan zijn', zei Slim. 'Een: hij is van gedacht veranderd. Twee: hij besloot het briefje toch niet te schrijven omdat hij de boodschap persoonlijk wilde overbrengen, wat niet gebeurd is, dus dit is het niet. En drie: hij werd gestoord voor hij klaar was.'

'Michael?'

Slim haalde zijn schouders op. 'Dat kan, maar je hebt me zelf verteld dat je je hem niet als moordenaar voor kan stellen. En nu ik hem zelf ontmoet heb, kan ik dat ook niet.'

'Maar wie dan wel?'

'Ik heb een theorie, maar die is onwaarschijnlijk.'

'Vertel het me toch maar.'

'Hij is op de heide mensen tegengekomen die bezig waren met een of andere criminele activiteit en ze hebben hem vermoord om hem het zwijgen op te leggen.'

Celia lachte plots, luid genoeg om een kelner te doen opkijken en fronsen. 'Meen je dat? En wat is er dan met mijn dochter gebeurd?'

'Ik weet het niet. Misschien heeft ze hetzelfde lot ondergaan. Of misschien werd ze verkocht. Je leest tegenwoordig van alles in de krant, hé. Het is onwaarschijnlijk, maar het gebeurt.'

Celia lachte schamper. 'Zelden. Geloof je dat echt?'

Slim schudde zijn hoofd. 'Nee. Ik denk dat er een veel eenvoudiger verklaring is. Een die zich vlak voor onze neus bevindt, maar die we toch missen. Is er anders nog iets? Alleen het briefje? Hou geen informatie meer achter voor me, Celia. Als er nog iets is dat je me niet verteld hebt, dan moet ik het weten.'

'Niets dat ik me herinner. Hij is vertrokken in de kleren die hij droeg. Hij heeft zelfs geen tas ingepakt.'

'Dat is nog een reden waarom het waarschijnlijk is dat er iets gebeurd is dat hem ervan weerhield om terug te komen.' Slim raakte even haar schouder aan. 'Ik moet toegeven, Celia, dat ik op dit moment negenennegentig procent zeker ben dat je vader, en bijna zeker je dochter ook, dood zijn.'

Celia haalde haar neus op. 'Ik heb al een lange tijd het gevoel dat het beste waarop ik kan hopen, is dat ik hun lichamen zou vinden.'

'Dit is nog een mogelijkheid', zei Slim. Hoewel hij zichzelf verachtte omdat hij weer dronken was, was het gevolg wel dat hij ideeën spuide als was hij een losgeslagen dorsmachine. 'De klok die ik begraven vond. Niemand doet zoiets zonder reden. Misschien ging hij die nacht naar de heide om haar te begraven en was hij van plan om daarna terug te keren en het briefje af te werken.'

'Maar waarom zou hij haar überhaupt begraven hebben?'

'Daar ben ik nog niet achter.'

'En het briefje dat erin zat?'

'Ook geen idee.'

Cecil lachte. 'Je bent eigenlijk wel een zielige privédetective.'

Slim haalde zijn schouders op. 'Ik was te dronken voor een echte job en te lui om zelfmoord te plegen.'

Het was al voorbij middernacht. Slim vroeg zich af in hoeverre hij de recente tolerantie van mevrouw Greyson op de proef mocht stellen.

'We moeten vertrekken', zei hij.

Terwijl ze terugliepen naar de auto, zei Celia: 'Bedankt om me te helpen. Ik weet dat het niet loopt zoals je zou willen, maar ik waardeer het wel.'

'Geen probleem. Ik had toch niet veel te doen. Het fascineert me, dat is een feit. Ik kan niet beloven dat ik alle antwoorden zal vinden, maar ik zal er een paar proberen te vinden.'

Ze waren aangekomen bij het parkeerterrein. Celia keek op toen ze een sirene in de verte hoorde.

'Weet je, ergens wil ik het niet weten', zei ze. 'Ik ben niet zeker of ik het wel aankan. Het zal slecht nieuws zijn en dat heb ik al genoeg gehad in mijn leven.'

Voor hij er zelf erg in had, legde Slim zijn handen op Celia's schouders en kneep er even zacht in.

'Je staat nog steeds rechtop', zei hij. 'We hadden een uitdrukking in het leger. Als je nog overeind kan krabbelen, kan je nog vooruitkomen. En als je nog vooruit kan komen, kan je nog winnen.'

Celia glimlachte. Voor een keer was het zonder woede of bitterheid en de jaren vielen weg. Slim zag in Celia's gezicht de begraven herinnering aan een knappe vrouw voor wie het leven verzuurd was, maar die toch nog veerkrachtig en sterk was.

'Het lijkt wel of je me zal kussen.'

Slim schrok. 'Nee, ik...'

'Je mag, hoor, als je wil. Ik bedoel, het betaamt niet voor mensen van onze leeftijd om dronken te worden en dan te gaan staan kussen op een openbaar parkeerterrein om een uur 's morgen, maar we zouden een nieuwe trend kunnen starten. En het is niet dat ik je niet aantrekkelijk vind. Je bent wat bitterder dan ik doorgaans fijn vind, maar ik vraag me wel af wat je gedaan moet hebben om je vrouw je te doen bij het huisvuil zetten.'

'Ik veronderstel dat ze gewoon te lang nuchter geweest is', zei Slim. 'Ik ben alleen knap bij een bepaalde lichtinval.' Hij begon zich voorwaarts te bewegen. Hij wilde haar, realiseerde hij zich. Hij wilde deze kapotte pop; hij wilde haar herstellen en weer heel maken. In zijn geest flitsten beelden van een gedeeld leven, als oude foto's die meegevoerd worden door de wind, glimlachen en geluk die een laag pijn verbergen, twee mensen die elkaar rechthouden.

Hij had haar omhelsd zonder het te beseffen en dan stopte hij met haar te kussen en kon het zich al nauwelijks nog herinneren.

'De auto is aan de kleine kant', was Celia aan het zeggen - haar stem kwam van ver, 'maar we kunnen ergens een veld zoeken. Het is vanavond warm genoeg. Het zou de eerste keer niet zijn...'

Slim liet haar los; hij kon haar niet meer zien door het beeld van ruwe, mishandelende vingers die haar gezicht in de grond duwden zodat haar mond zich vulde met aarde die haar radeloze hulpkreten onderdrukte. Hij zag haar naar voor en naar achteren wiegen en dan zag hij handen die haar opzij duwden. Voetstappen op de weg van iemand die wegrende.

En Celia, gekneusd, bont en blauw en verkracht, dwong zichzelf te staan, want als je kan staan, kan je voorwaarts blijven gaan. En als je voorwaarts kan blijven gaan, kan je nog winnen.

'Wat scheelt er?'

'Niet zo.' Hij nam afstand van haar, zorgde dat er een paar geparkeerde auto's tussen hen stonden. 'Ik zal je bellen, Celia. Ik zal je bellen als we ons allebei beter voelen.'

'Slim!' Haar ogen flitsten door een plotse razernij,

vol vuur, haar gezicht verwrongen door meer dan woede, door haat.

'Loop niet van me weg!'

'Ik zal je bellen', riep hij en hij zette het op een rennen terwijl de sirene in de verte weer schalde als een onbewuste waarschuwing. Hij was niet zeker of hij het ooit zou doen, maar hij was evengoed bang van niet; hij wist dat hij moest kiezen tussen branden met Celia of verdrinken zonder haar en ondertussen kon hij niets anders zien dan het glimlachende gezicht van een oude man die zachtjes op de rug klopte van een kind dat hij in zijn armen hield.

39

Hɪᴊ ᴠᴇʀsɪᴇʀᴅᴇ ᴇᴇɴ lift langs de A30 bij een vriendelijke, praatgrage vrachtwagenchauffeur die per se een banaal levensverhaal wilde vertellen, waardoor de rit naar Penleven veel langer voelde dan hij eigenlijk was. Zijn woede had plaats gemaakt voor spijt en Slim leunde tegen het raam, knikte en reageerde waar nodig tot de vrachtwagen de snelweg verliet bij een rotonde en de chauffeur hem een veilige thuiskomst wenste.

Vastbesloten zulke situaties in het vervolg te vermijden, wierp Slim, na een stevige afdaling van een uur, de fles met de rest van de inhoud net buiten het dorp in de haag, maar toen hij even over twee in bed neerplofte, stond hij ervan versteld dat hij in deze wereld thuisgeraakt was uit het hol van Pluto op een deftig uur met toch minstens nog een deel van zijn gezond verstand intact.

Het geluk was weer met hem.

Mevrouw Greyson was terughoudend bij het ontbijt,

alsof ze doorheen Slims recentste escapades geslapen had. De dreunende kater betekende dat alles naar braaksel smaakte en het was pas een paar uur later en na een wandeling door het dorp ogenschijnlijk om uit te waaien, maar in werkelijkheid om te proberen zich te herinneren waar hij zijn restje whisky gegooid had, dat hij zich beter begon te voelen.

Om niet meer te moeten rekenen op de eerlijkheid van mevrouw Greyson had het postgedeelte van de dorpswinkel een pakketje voor hem bijgehouden. Slim nam het mee naar een bank op het kleine grasveld dat dienst deed als het park van Penleven en opende het. Kay had de videoband teruggestuurd, samen met een mapje notities. Zijn handen, die niet meer trilden dankzij een enkele slok van een miniflesje whisky, bladerden door de bijgesloten documenten. Naast verschillende computerprints zat er ook een handgeschreven briefje bij.

Hij bekeek het samen met de documenten van Kay.

"'Ik heb je video doorgegeven aan een vriend bij de forensische recherche'," las Slim hardop alsof dat zou helpen om de woorden te doen blijven hangen. "'De kwaliteit is opvallend slecht, zelfs voor de jaren negentig. Moet een laagwaardige camera zijn, maar de cameraman heeft wat hulp nodig om te leren focussen. Ik kon niet alles vinden dat je gevraagd hebt, maar toch iets. Het logo boven het bureau op de foto is van de Britse Klokkenmakersgilde.'"

Slim pakte de afdruk beet van een vergrote versie van het logo, met een korrelig screenshot van het origineel in de hoek.

'En ik heb een postzegel gevonden op die opname van de tafel, na ongeveer veertien minuten. Duitsland. Meer specifiek is het een foto van de kathedraal van Frankfort. Iets gedenkwaardigs? Je kan misschien een idee van de periode krijgen als je dat te weten komt. Zulke postzegels zijn verzamelobjecten; ze worden zelden gebruikt om echt post mee te versturen. En het logo aan de zijkant van de doos is van een tuinbouwbedrijf in het Zwarte Woud. Daarvoor heb ik er een van je tegoed, hoor. Mijn contactpersoon heeft me de naam gegeven, maar het heeft een paar dagen geduurd voor ik het opgespoord had. Ik heb een telefoonnummer bijgevoegd.'

Slim sloeg langzaam knikkend nog een paar bladzijden om. Een Duitse tuinbouwer. Een houtleverancier. Slims opzoekingswerk had uitgewezen dat koekoeksklokken in de streek van het Zwarte Woud, in het zuiden van Duitsland, uitgevonden zijn. Was het mogelijk dat Amos Birch een pelgrimstocht ondernomen had naar wat hij misschien beschouwde als een spirituele thuis?

Slim had het nummer gevormd voor hij zich herinnerde dat er hier in Penleven geen ontvangst was. Hij haalde diep adem. Hij liep te hard van stapel.

'"De schoenen bij de deur zijn Clark's'," gingen de notities van Kay verder. '"Bergschoenen, maar ook ideaal voor op de boerderij. Ik heb een foto bijgevoegd van de zool, maar het is misschien niet het exact juiste type. Vraag even na bij de producent. En de jekker, die herkende mijn contactpersoon niet, maar het is waarschijnlijk een merkloze. Uit de supermarkt. Dat is alles wat ik heb, maar zoals ik zei: ik heb er een tegoed van je! PS Jezus man, dat was een enge video.'"

Slim fronste en vroeg zich af wat Kay bedoelde. De video had hem ook van zijn stuk gebracht, maar alleen omdat er twee vermiste personen in voorkwamen die bovendien waarschijnlijk dood waren.

Hij stopte het pakketje en zijn inhoud in zijn rugzak en liep door het dorp terug. Hij herkende Michael die aan het ploegen was en wachtte bij het hek tot de boerenknecht hem opgemerkt had.

Michael werkte nog een paar minuten door, keerde dan de tractor en reed naar hem toe.

'Ik heb alles al verteld', zei hij ter begroeting.

Slim schudde zijn hoofd. 'Ik ben niet van de politie, Michael. Niets van wat je zegt, is officieel.'

'Je kan een microfoontje dragen.'

Slim lachte. 'Zie ik er zo efficiënt uit? Tja, ik veronderstel dat dat kan, maar je zal me moeten geloven dat het niet zo is. Kijk, voor wat het waard is, ik denk niet dat je iemand vermoord hebt. Ik denk zelfs niet dat je iets verkeerd gedaan hebt. Maar ik denk wel dat je die avond iets gezien hebt en ik zou willen dat je me vertelt wat het was.'

Michael keek overal behalve naar Slim. Hij wrong zijn handen ineen en schudde zijn hoofd.

'Ik heb hem niet vermoord', zei hij weer.

'Je hebt hem gezien, hé?'

'Wie?'

'Hou op met spelletjes spelen, Michael. Ik moet nog ergens heen en jij moet nog werken. Je weet wie ik bedoel.'

Michael grimaste. Hij streek met zijn hand door zijn haar en draaide zich dan om alsof hij steun zocht bij iemand die tot dan onzichtbaar was geweest. Met een zucht keerde hij zich terug naar Slim en knikte.

'Ik had me verborgen tussen de bomen bij de rivier. Ik hoorde geroep, dus kwam ik naar het erf om te zien wat er gaande was. Ik hoorde een deur dichtslaan. Er snelde iemand naar buiten. Ze gingen naar dat schuurtje dat hij gebruikte als atelier. Hij was er een paar minuten binnen en kwam dan weer naar buiten. Hij had een tas over zijn schouder en iets op zijn armen.'

'Kon je zien wat het was?'

Michael schudde zijn hoofd. 'Het kan om het even wat geweest zijn. Het was in een handdoek gewikkeld, of misschien in een dik deken.'

'Bewoog het?'

'Bewegen? Nee. Maar hij had het in zijn twee armen alsof het iets erg belangrijks was.'

Slim knikte. Het moest Charlotte geweest zijn. Maar sliep ze, was ze gedrogeerd of misschien zelfs dood toen Amos haar wegdroeg?

'Oké, dit is cruciaal, Michael. Vroeger waren er twee uitgangen van het erf, hé? Een voor auto's en een pad daar beneden waar die haag nu staat. Ik heb die stenen muur daar gezien. Jouw metselwerk, hé? Jij hebt het gebouwd voor de Tintons, hé?'

Michael knikte. 'Maggie Tinton belde me een jaar nadat ze de boerderij gekocht hadden. Ze vond het maar niets dat mensen via twee toegangen binnen konden, ook al blokkeert die muur nu een officieel recht van doorgang.' Hij glimlachte. 'Hij staat er niet officieel.'

Slim rolde met zijn ogen. 'De pot verwijt de ketel...' murmelde hij.

'Wat?'

'Niets. Ik heb een aanvaring met haar gehad, dat is alles.'

Michael haalde zijn schouders op. 'Ze is pittig, maar niets vergeleken met Mary. 'Hoe wist je wanneer ik die muur gebouwd heb?'

'Hij steekt een beetje uit voorbij de rest van de haag om plaats te laten voor de wortels van die bomen. Hij is duidelijk gebouwd nadat ze geplant zijn, waarschijnlijk een paar jaar later, want dichter zouden de laagste takken in je gezicht geprikt hebben terwijl je aan het metselen was, wat betekent dat je ze zou gesnoeid of afgebroken hebben, maar de onderste takken waren niet beschadigd.

'Jij bent nogal een detective zeg!' Michael prevelde iets.

'Er zijn voetafdrukken van laarzen gevonden in het slijk in die richting', ging Slim verder, genietend van het respect dat tegen Michaels zin doorklonk in zijn stem. 'De afdrukken van de laarzen kwamen overeen met een paar laarzen van Amos. Maar er was een betonnen paadje aan de rand van de eigendom. Ik heb het gezien op... foto's. Iemand die zo vaak op de heide gaat wandelen als Amos zou met zijn ogen dicht geweten hebben waar dat pad was en hij zou het risico uit te glijden in het slijk niet genomen hebben, zeker niet als hij iets waardevols droeg. Het waren jouw voetafdrukken, hé?'

Michael zuchtte. 'Verdorie, je bent echt goed, dat

moet ik toegeven. We hadden laarzen van hetzelfde merk. Gewone herenlaarzen. Er zijn niet veel schoenenwinkels in Camelford.'

'Je gleed uit toen je wegrende. Je moet geweten hebben dat je een spoor nagelaten had. Wat is er met je laarzen gebeurd?'

'Ik heb ze een paar dagen later in een container gesmeten net buiten Bodmin toen ik materiaal nodig had voor een afsluiting. Nadat ik gehoord had dat de politie verwittigd was. De politie vroeg me mijn laarzen te laten zien, dus heb ik hen een ander paar getoond dat ik soms gebruik op de tractor. Ze worden echt heel erg modderig als de velden drassig zijn...'

Slim tilde een hand op. 'Oké, even samenvatten. De voetafdrukken van de laarzen, die vooral bewezen dat Amos Birch de heide op getrokken was, waren niet van Amos, maar van jou.'

Michael zuchtte weer. 'Juist.'

'En je bent ervan doorgegaan omdat je hem uit zijn atelier zag komen?'

'Ja, ik zag hem vertrekken met die bundel en ik dacht dat ik me maar beter uit de voeten maakte. Het voelde gewoon raar, weet je wel? Alsof ik iets zag dat ik niet had mogen zien.'

'Ik heb nog een laatste vraag en dan laat ik je met rust. Welke richting is hij uitgegaan?'

'Langs de oprit naar de hoofdstraat.'

Slim knikte. Er was nog een puzzelstukje op zijn plaats gevallen. 'En je vertelt me de waarheid toch, hé?'

Michael legde een hand op zijn borst. 'Ik zweer dat dit alles is. Ik heb niemand vermoord. Ik heb dan misschien niet alles verteld als de politie gekomen is, maar ik was bang. Trouwens, wat voor verschil maakt het nu of hij naar de heide of naar de straat gegaan is?'

'Ik weet niet of het überhaupt belangrijk is', zei Slim. 'Bedankt, Michael. Je hebt me goed geholpen.'

Hij liet de boerenknecht verder werken. Dus, Amos was helemaal niet naar de heide gegaan. Dat elimineerde veel van de mogelijkheden die door Slims hoofd gingen, maar het voegde er ook een paar aan toe.

Waar Amos ook naartoe gegaan was, hij had er een reden voor, maar er was iets gebeurd dat hem ervan weerhield ooit nog terug te keren.

40

SLIM HAD DRIE telefoontjes nodig om te weten te komen dat het lidmaatschap van Amos Birch bij de British Clockmaking Guild drie maanden voor zijn verdwijning afgewezen was. Een bediende met een lange staat van dienst klonk bijna trots toen hij hem vertelde dat Amos de voorwaarden voor lidmaatschap had verworpen, die de productie van klokken en horloges bepalen, en zijn geplande aanwezigheid op een prestigieuze klokkenmakersbeurs was geannuleerd.

Vanaf zijn uitkijkpunt op een heuvel die de Bodmin Moor overzag, begon Slim klokkenmakers in het Zwarte Woud te bellen. Sommigen spraken geen Engels, anderen kenden Amos Birch' reputatie, maar kenden hem niet persoonlijk. De batterij van Slims telefoon was bijna plat toen hij dacht aan het nummer dat Kay hem gegeven had.

Een norse stem antwoordde in het Duits. Slim stelde zichzelf voor en ontdekte dat de man - een houtleverancier en klokkenverkoper die Ralph Schwimmer heette - behoorlijk Engels praatte. Slim vertelde wie hij was en legde uit aan Schwimmer dat hij de verdwenen Amos Birch op het spoor was.

'Mijn vader is in 1998 met pensioen gegaan', zei Schwimmer. 'Hij heeft Herr Birch misschien gekend.'

'Zou ik met uw vader kunnen spreken?'

'Helaas niet. Hij is vorig jaar gestorven. Als het u nuttig lijkt, kan ik wel zijn oude correspondentie doornemen om te zien of ik iets vind dat met Amos Birch te maken heeft. Ik herken de naam.'

'Dank u wel. Dat zou ik erg waarderen.'

Slim wandelde terug naar Penleven en ging in de Crown dineren. Op die kille donderdagavond was June alleen in de bar. Slim bestelde een pint om een bord friet weg te spoelen, maar dan kwam zijn goede voornemen plots sterk opzetten en hij weigerde haar uit te drinken. De pint bleef staan terwijl hij ernaar staarde als was het een truc van de duivel zelf.

'Het is al een paar dagen geleden dat ik je nog zag', zei June. 'Heb je het grote mysterie al opgelost?'

Slim haalde zijn schouders op. 'Ik heb alleen maar meer vragen. Je weet toevallig niet wie hier klant was in het begin van de jaren negentig?'

'Ik zou het kunnen opzoeken. Wat wil je precies weten?'

'Ik wil een lijst van personeel en vaste klanten rond 1993.'

June lachte. 'Je vraagt niet veel, hé?'

'Ik zoek iemand die misschien een misdaad gepleegd heeft.'

'Welke misdaad?'

'Een verkrachting.'

June sperde haar ogen wijd open. 'Wat heeft dat met Amos Birch te maken?'

'Dat weet ik nog niet zeker.'

'Wel, je kan beginnen met die gasten boven de bar.'

Slim keek op. 'Waar?'

'Daar. De foto van het vogelpikteam uit 1993. Ze hebben de beker gewonnen dat jaar. Als je een accurate lijst van vaste klanten wil, moet je niet verder zoeken dan die foto. We worden hier niet bepaald overspoeld door deelnemers. Bij zulke gelegenheden is het alle hens aan dek.'

June liep rond de bar en nam de stoffige, vervaagde foto van de muur boven de bar. Ze nam een vod, veegde haar af en legde haar dan voor zijn neus.

Er stonden zeven mannen op in een rij en de middelste stak een trofee in de lucht. Ernaast stond nog een dikkere man en op de achtergrond herkende Slim de bar van de Crown.

'Dat daar is de oude Reg', zei June en ze wees naar een versie van middelbare leeftijd van de oldtimer die aan de bar hing. 'Die twee jonge gasten zijn Michael en Davy.'

Slim herinnerde zich dat Davy het magere drinkmaatje van Michael was. Maar Davy had een verveelde uitdrukking op zijn gezicht, terwijl Michael engelachtig stralend naar de camera keek.

'Knappe gast', zei Slim. 'Ongelooflijk wat tijd kan aanrichten.'

June lachte. 'Ach, hij ziet er nog best oké uit. Geloof

het of niet, ik zag er vroeger ook best oké uit met de lichten aan.'

Slim gaf haar lachend het voordeel van de twijfel.

'Zijn er nog andere van die gasten in de buurt gebleven?'

'Die daar, dat is Les. Hij komt tegenwoordig niet veel meer. Hij is het caféleven misschien ontgroeid, hoewel je hem nog in zijn tuin bezig ziet nu hij met pensioen is. Die is de oude Bob - hij is er al lang niet meer. Dat is Ted; hij werkte vroeger in de Chinese kleigroeve, maar we zijn hem verloren aan kanker een paar jaar geleden. De dikke kerel is Alan, de oude cafébaas... en van die kerel met de baard ben ik niet zeker wie hij is, maar hij komt hier niet meer.'

Slim staarde naar het laatste gezicht en voelde een glimp van herkenning.

'Je hebt toevallig geen wedstrijdkalender van dat jaar?'

June trok een wenkbrauw op. 'Slim, het gaat hier over cafévogelpik, niet de eredivisie. Ik twijfel of er ooit een wedstrijdkalender bestaan heeft. Toen, net als nu eigenlijk, werden de wedstrijden 's woensdags gehouden. De ene week thuis, de andere op verplaatsing. De competitie loopt van oktober helemaal tot einde maart.'

'Op woensdag. Bedankt.'

'Drink je die pint nog leeg? Of wil je dat ik een frisse voor je tap? Ik geniet van het gezelschap, maar ik drink niet graag alleen.'

De deur ratelde en de oude Reg marcheerde binnen. Hij stapte mis toen hij Slim bekeek, waarna hij zich herpakte om naar zijn vaste plaats te gaan.

'In feite', zei Slim, 'wil ik wel een voor mij en iets voor Reg.'

'Waarom niet', mompelde Reg en June knipoogde sluw naar Slim. Toen hij de foto opmerkte, zei Reg: 'Wat is hier wel gaande?'

Voor Slim iets kon zeggen, zei June: 'Slim hier overweegt iets in de buurt te kopen. Hij wilde een paar locals leren kennen.'

'Ach zo.'

'Je bent goed bewaard, Reg.'

De oude man hoestte. 'Met zo'n gevoel voor humor zal je je hier perfect thuis voelen.'

'June toonde me net een paar oude foto's. Ik herken een paar van die gasten. Ik heb Les onlangs ontmoet en dat is Michael...'

Reg schudde zijn hoofd. Slim had opzettelijk gewezen naar de man met de baard, maar Reg wees naar de echt Michael.

'Nee, dat daar is Michael. Die kerel met zijn baard... goh, ik ben zijn naam kwijt. John, misschien. Hij was een van de vrienden van Davy uit hun studententijd aan Marjons in Plymouth. Hij kwam hier niet vaak, maar hij was een scherpschutter en wij niet. Hij is het volgende seizoen niet teruggekomen en we zijn vijfde geëindigd.'

'Wat was er met hem gebeurd?'

'Afgestudeerd, een job gevonden, veronderstel ik. Davy is ook niet meer teruggekomen - hij had een job gevonden op de scheepswerven tot zijn moeder stierf. Dat was echter geen groot verlies - we probeerden er bij de loting altijd voor te zorgen dat hij een van de zekere winnaars trok.'

Ze lachten allebei en toostten. Slim nam een aarzelend slokje.

'Voor een buitenstaander val jij best mee, vriend.'

'Dank je.'

'Ben je de oude Amos nog altijd op het spoor?'

'Ik ben nog altijd geïnteresseerd, maar ik sta op het punt het op te geven. Er zijn geen aanwijzingen om op af te gaan.'

'Hij wilde een lijst van de vaste klanten van negentiendrieënnegentig', zei June. 'Iets over een verkrachting.'

Slim probeerde June snel een teken te geven maar het was te laat. Reg wendde zich tot Slim met een harde blik in zijn ogen.

'Wat heeft zoiets met Amos Birch te maken? Er is toen geen verkrachting gebeurd die ik me kan herinneren. Wees maar voorzichtig met wat je over mensen vertelt.'

'Ik heb niemand van iets beschuldigd en ben dat ook niet van plan.'

'Wie wordt er verondersteld verkracht te zijn?'

Slim haalde diep adem; hij vroeg zich af of hij zich deze keer te diep in het wespennest zou steken.

'Celia Birch. Ik heb gewoon zoiets opgevangen.'

Reg hoestte een mondvol bier over de bar. June fronste en greep een vod.

'Wat ik over dat kind gehoord heb, is dat je haar gewoon een briefje van vijf moest toestoppen en ze was de hele nacht van jou. Het was helemaal niet nodig om aan die misdadige onzin mee te doen.'

'Reg, je zegt zulke dingen beter niet', zei June.

'Dat is gewoon mijn mening', zei Reg. 'Daar is toch niets verkeerd mee, hé? Als je 't mij vraagt, verdoezelen mensen veel te veel wat ze echt bedoelen.'

'We hebben je niets gevraagd, Reg', zei June. Reg, die zich buitengesloten voelde, mopperde onhoorbaar in zijn pint terwijl June zich tot Slim wendde. 'Wat heb je opgevangen?'

'Dat Celia het slachtoffer geweest kan zijn van een aanranding en dat de dader iets te maken kan hebben met de verdwijning van Amos Birch.'

Het was geen flagrante leugen, maar Slim vond dat hij er evengoed zijn eigen veronderstellingen aan toe kon voegen. Hij vroeg zich af of er tussen de circulerende geruchten, praatjes en leugens een verhaal zat dat zou zegevieren.

'Nooit iets over gehoord', murmelde Reg zonder op te kijken.

'Heeft het ooit de ronde gedaan dat Celia Birch een kind gekregen zou hebben?' vroeg Slim. 'Ik bedoel, ze heeft hier toch gewerkt, hé? Jullie zouden het toch gezien moeten hebben, dacht ik.'

Reg schudde zijn hoofd. 'Daar heb ik nooit iets over gehoord. Hoewel dat meisje wel plots verdwenen was. Het is zo lang geleden dat ik er geen precieze periodes op kan plakken, maar ze werkte een paar avonden per week in de keuken en dan stopte ze en heeft Alan iemand anders gezocht.'

'Kan je je nog herinneren welke periode in het jaar het was?'

Reg haalde zijn schouders op. 'Lente, misschien? Net toen het hier drukker werd. Ze heeft Alan in de steek gelaten, vind ik. Ik herinner me dat Mike en Davy een paar avonden in die keuken bezig waren. Alan betaalde ze met bier, als ik het me goed herinner, ook al waren die gasten minderjarig.'

Reg gniffelde alsof dat zijn beste herinnering van het jaar was.

'Het meisje was vijftien, hé?' zei June.

'Zoiets ongeveer.'

'Ze is waarschijnlijk weggebleven om te blokken voor haar examens.'

Slim keek van de een naar de ander. Reg fronste en haalde dan zijn schouders op. June glimlachte.

'Jullie, mannen, houden dan wel van verhaaltjes, maar niet alles is een mysterie.'

Slim herinnerde zich zijn schooltijd goed genoeg om te weten dat er weinig leerlingen zijn die veel tijd besteden aan blokken voor hun examens in het vijfde jaar. Het was een plausibel scenario, maar Celia had op Slim niet de indruk gemaakt dat ze veel studeerde. Het was bij hem opgekomen dat het hele verkrachtingsverhaal misschien een dekmantel was voor iets onsmakelijks dat ze niet wilde toegeven - een affaire met een bekende, getrouwde man bijvoorbeeld.

'Waar heb je dat trouwens allemaal gehoord?' vroeg Reg.

Slim haalde zijn schouders op. 'Hier en daar.'

'In een plek als hier valt er niet veel meer te doen dan roddels rondstrooien. Stel je voor dat de oude Amos weer op zou duiken, dat zou nogal iets zijn, hé?'

'Wat herinner je je over zijn vrouw?'

Reg trok een wenkbrauw op. 'Denk je dat zij hem om zeep geholpen heeft?'

Slim schudde zijn hoofd. 'Voor zover ik weet, had ze geen motief. Ze zat in een rolstoel en was ziek. Dat zou niet gelukt zijn. Ze had alleen een uitkering en wat hij binnenbracht.'

'Dat is zo ongeveer wat ik me herinner', zei Reg. 'De Birches - behalve die dochter van hen - kwamen niet veel buiten. Hij was een kluizenaar door zijn karakter, zij door de omstandigheden. Ik zag hem af en toe op het veld en hij kwam om een klok te herstellen als je dat vroeg, maar hij was niet bepaald lid van de gemeenteraad.'

'Dus je kende haar niet goed?'

'Hij heeft haar in het binnenland leren kennen, herinner ik me', zei Reg. 'Op iets dat met klokken te maken had. Hij heeft dan de boerderij van zijn vader overgenomen en zij kon niet anders dan met hem mee te komen naar hier. Ze heeft nooit kunnen wennen aan het platteland. In de winkel hoorde je haar soms klagen. Ze snauwde dan dat ze een bepaald soort ontbijtgranen niet hadden of een soort brood. Niemand mocht haar echt, maar ze leek dat niet erg te vinden. Dan begon ze ziek te worden. Je zag haar maandenlang niet, dan had ze een wandelstok, dan een rollator, dan een rolstoel. Er wordt beweerd dat ze bedlegerig was tegen dat haar einde kwam.'

'En Celia zorgde voor haar?'

'God, nee. Dat meisje is vertrokken bijna zodra hij er vandoor was. Ze sprong misschien nog af en toe binnen, maar er stond altijd een auto van thuisverpleging op het erf.'

'Waar ging Celia naartoe?'

'Ze wilde er niets meer mee te maken hebben. Ze is altijd groter dan Penleven geweest, als je snapt wat ik bedoel. En de mannen die ze kon strikken, waren waarschijnlijk op.'

'Reg!'

De oude man stak zijn hand op. 'Sorry, schat, maar ik heb haar nooit gemogen. Dat meisje paste hier niet.'

Zonder het te beseffen had Slim al drie pinten gedronken. De oude klok boven de bar gaf aan dat het net voorbij tien uur was, maar dat was het moment van de avond waarop Slim een keuze moest maken. Hij kon proberen nu te vertrekken, of hij kon ergens in een gracht onder zijn eigen braaksel wakker worden.

Hij stond op en schrok ervan hoe wankel hij zich voelde.

'Bedankt voor het gesprek', zei hij. 'En nu ga ik beter slapen. Morgen moet ik op spoken jagen.'

'Succes, jongen', zei Reg.

Nadat June hem ook een goeieavond gewenst had, strompelde Slim naar buiten waar het donker was. Halverwege op weg naar de B&B voelde hij een alles overheersende behoefte om Celia te bellen, enerzijds om zich te verontschuldigen dat hij haar afgewezen had en anderzijds om haar op de hoogte te brengen van wat hij ontdekt had.

Hij bleef doorstappen, voorbij de B&B, langs de weg die geleidelijk omhoogliep uit de vallei van Penleven naar de A39 naar Camelford. Zodra het symbooltje op zijn telefoon aangaf dat hij weer bereik had, vormde hij Celia's nummer.

Het was al laat en ze was waarschijnlijk aan het werk, dus verwachtte hij geen antwoord. De woorden vielen over elkaar om achtergelaten te worden op haar voicemail in een rommelige, verknoeide volgorde, maar de kiestoon kwam niet. Slim probeerde het opnieuw en dan nog een derde keer.

Hij staarde fronsend naar het schermpje waarop hij, zelfs in zijn beschonken toestand, duidelijk zag staan *Celia gsm.*

Ofwel was haar telefoon uitgeschakeld, ofwel kapot, wat onder de gegeven omstandigheden onverwacht was.

41

DE VOLGENDE MORGEN PROBEERDE HIJ, met een kloppende hoofdpijn die hij al verwacht had, Celia's nummer nog eens, maar weer kreeg hij zelfs geen kiestoon. Hij vergeleek het nummer met het nummer dat hij opgeschreven had, maar vond geen fouten. Celia was offline.

Doordat hij haar niet kon bereiken, wijdde hij dan maar zijn aandacht aan een paar van zijn nieuwe aanwijzingen. Hij nam de bus naar Camelford en liep een steile heuvel op naar een stille, openbare bibliotheek waar hij te weten kwam dat Marjons een eufemisme was voor The College of St. Mark and St. John, wat een mogelijke verklaring was voor de lapnaam van de man die Reg zich enkel als John herinnerde. Toen hij naar hun kantoor belde, werd hem echter gezegd dat hij, om een ex-student op te kunnen zoeken, meer informatie nodig had dan de lapnaam John en dat hij goed was in vogelpik.

Dit bleef voorlopig een raadsel, dus begon hij aan zijn volgende aanwijzing. Maggie Tinton had op het erf van de Worthboerderij iets tegen haar man gezegd dat in Slims hoofd was blijven hangen en er nu rondkletterde als een knikker in een bokaal.

Ze had de boerderij goedkoop genoemd. Slim nam een kijkje in de plaatselijke krant en vond geen boerderijen te koop tegen een prijs die ook maar in de buurt van goedkoop kwam, vele kostten een bedrag van zeven cijfers. Met de krant als zijn gids belde hij rond naar de plaatselijke makelaars en probeerde te weten te komen wie de verkoop geregeld had. Toen die zoektocht niets opleverde, belde hij impulsief een paar veilingmeesters en vond eindelijk wat hij zocht.

De boerderij was openbaar verkocht op het einde van 2006, zes maanden na het overlijden van Mary Birch. Ze had echter niet op naam van Celia Birch gestaan, maar van de bank.

De Worthboerderij was verkocht na beslaglegging.

Slim kon moeilijk geloven dat de Birches nog een hypotheek hadden gehad op de familieboerderij en alle schulden hadden toch zeker vereffend kunnen worden door een paar akkers te verkopen.

Toen hij de verantwoordelijke van het veilinghuis te pakken kreeg, kwam hij te weten dat er een tweede hypotheek op de Worthboerderij afgesloten was halverwege de jaren negentig en daarna waren de betalingen zeldzaam of te laat gebeurd. Tegen dat Mary Birch overleed, was het gezin zo goed als bankroet geweest.

Waar was het geld van de Birches naartoe? Celia

wist het antwoord misschien, maar haar telefoon was nog steeds uitgeschakeld.

Hij begon zich zorgen te maken over haar veiligheid. Ze had gezegd dat ze als verpleegster werkte, dus zocht Slim de nummers van alle grote ziekenhuizen in Plymouth en belde ze op om navraag te doen. Tegen dat hij een half uur later zijn laatste telefoontje beëindigde, was zijn bezorgdheid in achterdocht veranderd. Geen enkele had Celia Birch of een Celia Merrifield in hun personeelsbestand.

Het was te laat om naar haar toe te gaan, want tegen dat hij teruggelopen was naar de bushalte, had hij de laatste bus naar Tavistock gemist. Hij keerde dan maar terug naar Penleven. Net voorbij de afrit van de A39 stapte hij al af om te kunnen checken of hij boodschappen op zijn telefoon had terwijl hij de heuvel afliep.

Het was bijna halfzes en hij merkte op dat zelfs Penleven iets had dat op een spitsuur leek. Verschillende keren dook hij de haag in om te vermijden dat terugrijdende forenzen met veel meer zelfvertrouwen in het verkeer dan hij, hem van de baan maaiden. Toen hij bij het kruispunt net boven het dorp aankwam, waar je rechts naar Trelee kon of links naar een ander dorp dat Cuminster heette, scheerde een vuile Escort langs hem, sloeg links in en versnelde dan de heuvel af. Slim overwoog even zijn vuist op te steken, maar hij herkende de man achter het stuur. Hij sloeg ook af en hoorde dat de motor van de auto afgezet werd net voorbij de volgende heuvel.

Vijf minuten later kwam hij aan bij een rij van drie

sjofele, sociale woningen. De Escort stond voor de middelste geparkeerd en toen Slim bij het hek arriveerde, zag hij Davy uit een garage komen met een moersleutel in zijn hand. Davy had Slim niet gezien, dus bleef Slim toekijken hoe de magere man de motorkap van de auto opende en erin begon te morrelen.

Na een paar minuten vloekte Davy en sloeg dan de motorkap weer neer. Hij smeet de moersleutel in de richting van de garage en liep in de richting van de voordeur.

'Hé, Davy.'

Davy draaide zich om. Een sigaret die tussen zijn vingers geklemd had gezeten, viel op de grond.

'Wat in hemelsnaam wil je van me?'

Slim leunde tegen de auto en duikelde een thermosbeker koffie op die hij in Camelford gekocht had. Er zat water in, maar hij hoopte dat zijn nonchalance Davy zou ontwapenen, want hij zag er zo gespannen uit dat hij elk ogenblik in woede leek uit te kunnen barsten.

'Mooi optrekje heb je hier. Het mag wel eens geverfd worden, maar je hebt een leuk uitzicht, vooral als je de tweede boom ginder om zou leggen. Hoe was het op je werk?'

Davy kwam een paar passen dichter. 'Ik vroeg wat je van me wilde.'

'Ik was gewoon in de buurt.'

'Waar was je naar op weg? Het enige hier in de buurt is een slachthuis.'

'Ik had trek in steak. Ik eet ze graag vers, liefst nog spartelend als dat kan.'

'Je leunt op mijn auto.'

'Ik weet het. Mijn jas wordt vuil.'

'Mike zei dat je een bemoeizuchtige klootzak bent. Ik vroeg me al af wanneer het mijn beurt zou zijn. Het is zover, hé?'

'Ik wil alleen even praten. Het gaat over Celia Birch.'

'Wat is er met haar?'

Breek het open. Schop er desnoods tegen. Maak het open om te zien wat erin zit.

'Je bent, wat, vijftig?'

'Waarom wil je dat weten?'

'En je woont in een sociale woning.'

'Beter dan in een B&B wonen.'

Touché. Slim verborg een glimlach. 'Je bent al bijna je hele leven een vast klant in de Crown, hé?'

'En dan? Er valt hier verder niets te doen. Wat heeft dat met Celia te maken?'

'Was ze een van je vriendinnetjes toen ze nog afwaste in de Crown?'

'Waar heb je het over? Ze was nog maar een kind.'

'Maar wel een mooi kind. En populair heb ik gehoord.'

'Noem je me nu een perverseling?'

Slim zette een stap dichter zodat hij zich doelbewust in Davy's bereik bevond, mocht hij zin hebben hem een klap te geven. *Verleiding is de weg naar een bekentenis,* had een oude vriend-onderhandelaar hem ooit gezegd. Lok ze uit hun tent. Misleid ze. Laat ze denken dat ze kunnen winnen.

'Celia wandelde altijd alleen naar huis, het hele eind tot de Worthboerderij. Heb je haar nooit eens gezien?

Kwam je nooit in de verleiding? Iedereen kende haar reputatie. Niemand zou haar eerder geloofd hebben dan jou.'

'Zo ben ik niet. Je bent gek.'

'Ik heb uit betrouwbare bron vernomen dat Celia op een avond op weg naar huis is aangevallen. Het was op een woensdag. Vogelpikavond. Jij speelde toch vogelpik, hé, Davy?'

'Ik heb nooit iemand iets aangedaan!'

Slim leunde weer tegen de auto. Hij nam nog een slokje water.

'Wie kan het dan wel geweest zijn?'

Davy schudde zijn hoofd heftig. 'Weet ik niet.'

'Kom op, Davy, je kan zeker beter dan dat. Geef me een idee. Anders zal ik moeten geloven dat je liegt.' Slim zette een stap voorwaarts en stak zijn borst naar voor. 'Ik heb in het leger gezeten. Ik heb veel erge dingen gezien. En een iets vond ik altijd veel erger dan al de rest: misbruik van minderjarigen. Je weet toch wat ik bedoel, hé? Ze was minderjarig, Davy. Dat betekent dat jij een...'

'Ik ben het niet geweest!'

'Geef me een naam. Het kan me niet schelen hoe onwaarschijnlijk die ook is. Gewoon een naam. Ik kom de rest wel te weten.'

Davy schudde kwaad zijn hoofd als een "magic eight ball", alsof hij in zijn gedachten zocht naar een antwoord. Hij fronste, stak zijn hoofd naar voor en kuchte dan even. 'Ik durf wedden dat hij het was', zei hij opkijkend naar Slim. 'Hij deed altijd pervers over haar, zei dat hij haar zo kon krijgen.'

'Wie?'

'Johnny.'

'Wie is Johnny?'

'Mijn vriend van Marjons. Het is daar misgelopen voor mij. Ik heb wat gratis geld gebruikt, me bezat, paar keer seks gehad. Toen ik terug was, hadden we een reserve nodig voor het team. Ik herinnerde me Johnny, belde hem op. Hij wilde geen thuiswedstrijden spelen voor het geval ze hem zou zien. Wilde zelfs niet binnenkomen voor een groepsfoto toen we wonnen. Tegen dan was ze wel weg. Ze had Alan in de steek gelaten.'

'Waarom wilde hij niet binnenkomen?'

'Voor het geval ze hem zou zien en zou klikken.'

'Tegen wie?'

'Zijn klas.'

Slim voelde een warme kriebel over zijn rug lopen. 'Zijn klas? Welke klas? Wat studeerden jullie aan Marjons?'

'Lerarenopleiding. Zoals ik al zei, ik heb het niet gehaald. Maar Johnny heeft uiteindelijk aardrijkskunde of zoiets gedaan. Nu zie ik hem niet meer. We hebben niets om over te praten nu hij een chique leraar is en ik in die ongezonde fabriek werk.'

'Hoe raakte Johnny thuis na de vogelpikwedstrijden?'

'Met de auto veronderstel ik. Wij werden aan de Crown afgezet. Ik bleef dan voor een pint, maar hij vertrok altijd recht terug naar Plymouth.'

'Kan je naar Plymouth via de weg naar Trelee?'

'Ja, tuurlijk. Die komt uit op de A30. Gewoon oversteken en rechtdoor.'

'Ken je Johnny's tweede naam nog?'

'Oh, Johnny was zijn echte naam niet. We noemden hem gewoon zo omdat hij een arrogante zak was. Door Marjons en zo. Die kerel was zo vol van zichzelf. Hij dacht dat hij Phil Taylor was.'

Slim voelde die kriebelige warmte weer.

'Wat was de echte naam van Johnny?'

'Nick. Nick Jones.'

42

'WEET JE AL wannee ze beginnen te filmen?' vroeg Nick terwijl hij van de latte nipte die hij aan de bar besteld had. Slim had een pint besteld en hij moest zich verzetten tegen de aandrang om er met glas en al mee tegen Nicks gezicht te kloppen.

Je hebt geen bewijs, herinnerde hij zichzelf. *Ook met de toevalligheden blijft het maar een buikgevoel tenzij je een bekentenis loskrijgt.* Hardop zei hij: 'Tegen het einde van de maand. Ik wilde nog even met je afspreken om je te laten weten dat jouw interview een centraal onderdeel zal zijn.

Nick grinnikte. 'Dat klinkt fantastisch.'

'Ik wil alleen even nog wat uitleg bij bepaalde informatie.

'Geen probleem, zeg maar.'

'In 1993 was je Celia Birch' klassenleraar in Liskeard Secondary toen ze eindexamen zou doen?'

Nick knikte. Slim merkte dat hij over Slims schouder

keek alsof er buiten door het raam iets interessanters te zien was.

'Ja, dat klopt.'

'Ik wilde gewoon zeker zijn, dus heb ik even een achtergrondcheck gedaan - gewoon om zeker te zijn dat de feiten kloppen, dat begrijp je wel, hé - en volgens gegevens van de school, was jij een tijdelijke stagiair in die periode.

Nick keek Slim voor het eerst in de ogen. 'Tja, het is al lang geleden, hé. Ik had misschien een paar details verkeerd. Het was de bedoeling dat ik alleen observeerde, weet je wel, maar de luierik die verondersteld werd mijn mentor te zijn, behandelde me als zijn slaafje en schoof al zijn werk op mij af zodat ik zijn job praktisch voor hem deed.'

'Ik herinner me namelijk dat je een en ander te zeggen had over Celia. Ik vroeg me al af hoe een leraar wist wat er op de speelplaats verteld werd, maar als je de leraar assisteerde, stond je misschien dichter bij de leerlingen dan de meeste leraars.

Nick krabde aan zijn oor. Zijn blik ging weer naar het raam.

'En je was, wat, tweeëntwintig? Ik bedoel er was natuurlijk een leeftijdsverschil, maar het was veel kleiner dan met de meeste leraars, klopt dat?'

'Ja, dat zal wel. Hoe diep heb je gegraven?' Nick lachte even nerveus. 'Heb je de roddels over mijn drinkgewoontes ook gehoord?'

Slim leunde voorover. 'Toevallig wel... ik heb je toch gezegd, Nick, dat ik onderzoek doe. Ik onderzoek. Ik heb nog iets gehoord over Celia. Dat ze met school gestopt is omdat ze aangerand was. Verkracht. Heb je dat nooit gehoord?'

Nick schudde zijn hoofd. 'Nee, dat heb ik niet gehoord.'

Slim stond recht en slenterde naar een biljarttafel. Hij wreef over het oppervlak met de rug van zijn hand en haalde dan zijn portefeuille boven.

'Speel je?'

Nick schudde zijn hoofd. 'Niet veel.'

'Ik heb toch geen stuk van vijftig.' Slim draaide zich naar een vogelpikbord vlakbij. 'Kan je vogelpikken? Ik ben er echt niet goed in, maar ik kan het bord raken.'

Nick haalde zijn schouders op. 'Niet echt. Ik heb het ooit wel eens gespeeld.'

Slim fronste. 'Echt? Ik heb horen zeggen dat je in Penleven speelde voor de Crown.'

Nick haalde zijn schouders op. 'Ik heb ze misschien een paar keer uit de nood geholpen.'

'Dat moet ongemakkelijk geweest zijn met Celia die er in de keuken werkte.'

Nick krabde aan zijn andere oor. 'Ik heb haar nooit gezien. Zoals ik al zei, het is maar een of twee keer gebeurd.'

Slim zuchtte. 'Jammer. Ik had gehoopt dat je me wat meer had kunnen vertellen over de vaste klanten daar. Ik ben er tamelijk zeker van dat een van hen de schuldige geweest kan zijn.'

Nick knikte. In de glans van het licht boven de biljarttafel was een laagje zweet zichtbaar op zijn voorhoofd.

'Ik bedoel, ze gaan nu natuurlijk niemand meer

vervolgen. Daarvoor is het veel te lang geleden. Tenzij Celia echt een kind gekregen heeft als resultaat, maar daar is geen bewijs voor. Alleen die geruchten die je me verteld hebt.' Nick staarde in de verte en Slim lachte. 'Maar ze vroeg er waarschijnlijk om. Een slet zoals zij. Want dat was ze, hé Nick?'

'Ik moet er vandoor', zei Nick.

Slim glimlachte breed en gaf Nick een klap op zijn schouder; hij zag de man ineenkrimpen.

'Bel me, Nick, als je je nog iets anders herinnert.'

'Oké.'

Slim keek toe hoe Nick naar buiten strompelde, hij was maar een schaduw meer van de overmoedige, afstandelijke man die een uur eerder binnengekomen was. Slim sloeg met zijn vuist in zijn handpalm. Hij had zin om Nick te volgen, hem ergens in een steegje te sleuren en dan te kloppen, kloppen, kloppen tot Nick geen gezicht meer had om die zelfvoldane grijns op te plakken, maar dat zou geen hoger doel dienen.

Hij dronk zijn pint uit en ging dan naar buiten om nog een andere oude vriend uit het leger op te bellen.

'Slim? Ben jij dat? Dat is lang geleden, vriend. Heb je dan nog steeds datzelfde nummer?'

'Ik kan niet goed mee met de tijd, Don. Ik ben net een schip dat vastzit in het ijs. Ik weet dat het lang geleden is, maar ik heb een gunst nodig van je.'

Donald Lane had in het begin van de jaren negentig in Irak gezeten samen met Slim. Slim had zijn eigen carrière om zeep geholpen, terwijl Don vrijwillig vertrokken was en later een inlichtingendienst had opgericht die vaak rechtstreeks samenwerkte met de overheid.

'Zeg het maar, Slim. Ik ben er voor je. Zoals vroeger, hé?'

Slim had de smartphone vast die Nick achtergelaten had. In zijn haast om weg te komen, had de leraar niet gemerkt dat Slim de telefoon van hun tafel op een kruk gelegd had; als Nick dat had gemerkt, had hij gemakkelijk kunnen ontkennen dat hij er iets mee te maken had. Hij draaide hem om in zijn handen.

'Ik moet in een vergrendelde telefoon geraken', zei hij. Hij noemde het merk en Don lachte.

'Makkelijk. Is het de jouwe?'

'Van een kennis. Daarna wil ik dat je naar bagger op zoek gaat. Genoeg om een carrière te verwoesten.'

43

Slim keek op naar het raam van Celia terwijl de regen om hem heen druppelde. De gordijnen waren dicht, er brandde geen licht en er was geen spoor van de auto's waarmee hij haar al had weten rijden.

Ze had niet opengedaan toen hij aangebeld had en ze had niet geantwoord toen hij haar had proberen te bellen. Een paar buren met wie hij gesproken had, beweerden dat ze geen contact hadden met haar, dat ze geheimzinnig was en geen contact zocht met anderen. Het was geen verrassing voor Slim, die zelf in het verleden nooit contact had gezocht met zijn buren en zij zelden met hem.

Het nam echter zijn angst niet weg, integendeel, zijn bezorgdheid om Celia's welzijn werd groter.

Voor het eerst dacht hij dat het mogelijk was dat zijn gegraaf de beerput te veel had doen stinken, dat hij iemand gewekt had die gevaarlijk was en nu de straten onveilig maakte.

Hij ging naar de bibliotheek waar hij een lijst kopieerde van alle openbare en privéziekenhuizen in de regio's Cornwall en Devon. Celia had gezegd dat ze als verpleegster werkte, maar misschien had ze niet bedoeld in de gebruikelijke betekenis. Er waren tientallen mogelijkheden: verzorgingsinstellingen, tandartsen, zelfs als schoolverpleegster. Slim vond een eethuis in de buurt van de bushalte en begon de lijst af te bellen om te vragen of er een Celia Birch of Merrifield in het personeelsbestand was opgenomen.

Tegen dat de laatste bus naar Penleven eraan kwam, zat hij nog maar aan de g; het had nog geen resultaat opgeleverd. Hij was moe, zijn oor deed pijn van er zijn telefoon te hard tegen te duwen en zijn batterij was bijna plat.

Hij liep naar de bus toen hij iets voelde trillen in zijn zak.

Hij herkende het nummer niet uit de voorbije uren gesprekken. Slim verliet de wachtrij om de oproep te beantwoorden.

'Herr Hardy?' hoorde hij een onbekende stem vragen. Dit is Ralph Schwimmer. We hebben elkaar onlangs gesproken.'

Slim was zo opgewonden dat hij nauwelijks kon antwoorden.

'Ik belde u om te zeggen dat ik een paar dozen met oude brieven van mijn vader teruggevonden heb. Er is wat correspondentie met Herr Birch. Ik kan u kopies faxen als u dat wil.'

Slim wilde met zijn vuist in de lucht slaan. 'Dat zou ik ten zeerste waarderen, dank u wel. Ik zal u morgen terugbellen om een faxnummer door te geven. Kan u me kort zeggen of er iets was dat met de verdwijning van meneer Birch te maken heeft?'

'Niets van dien aard', zei Ralph. 'Maar er was correspondentie in verband met een bezoek in de lente van 1996. Herr Birch stond erop dat hij in het begin van maart zou komen om een paar maanden bij mijn vader te verblijven. Uit de brieven maak ik op dat ze van plan waren om technieken uit te wisselen en misschien samen te werken aan een paar projecten.'

Slims handen beefden. De buschauffeur vroeg bij de deur van de bus of er nog passagiers mee moesten.

'Dus hij was van plan om naar het Zwarte Woud te gaan?'

'Ja. Maar ik heb met mijn moeder gepraat die in een zorginstelling zit. Haar geheugen is niet meer erg goed, maar ze zei me dat ze zich niet herinnerde dat Herr Birch ooit op bezoek gekomen is.'

'Heel erg bedankt. Ik neem nog contact op voor dat faxnummer.'

Slim hing op, rende voorbij de woedende blik van de chauffeur de bus in en het duizelde hem.

Hij kende de geplande bestemming van Amos Birch. Misschien omdat hij problemen had met zijn gezin, of gewoon omdat hij even pauze nodig had, had hij zich voorgenomen een vriend te bezoeken.

Wat was er dan gebeurd waardoor hij er nooit aangekomen was?

<h1 style="text-align:center">44</h1>

DE VOLGENDE MORGEN lagen de gefaxte brieven op hem te wachten in het postkantoor. Slim kocht een blikje bier om het te vieren en trok zich terug op het bankje in het park om ze te lezen.

Hoewel hij uiterlijk een stille man was, had Amos toch veel te zeggen als het schriftelijk was. Veel ging Slims petje te boven: technische informatie over het maken van klokken, methodes voor houtsnijwerk, mechanische terminologie. Af en toe liet Amos er snippers van zijn persoonlijkheid in doorschemeren: '... *ik kan me de laatste tijd moeilijker concentreren...*', '... *soms vraag ik me af of het zin heeft perfectie van de geest na te streven wanneer je leven rampzalig is...*', '... *mijn atelier is altijd mijn troost geweest, daar kan ik de trauma's van de buitenwereld buiten sluiten...*'.

Maar het was pas in de latere brieven, waarin hij zijn bezoek plande, dat Amos zichzelf echt begon bloot te geven.

'Ik heb mijn naasten nog steeds niet ingelicht over mijn plan om een tijd weg te gaan. Dat zal allicht wat onrust veroorzaken, zowel in als buiten mijn huishouden, maar mijn leven is een veer geworden die zo strak gespannen is dat ik bang ben het nog langer te verwaarlozen. Je begrijpt, mijn beste vriend, dat we allemaal moeten ontsnappen af en toe, maar wie echt om me geeft, zal niet oordelen, maar wachten tot ik terugkeer, hoelang dat ook mag duren.'

Slim knikte. Hij nam een pen en onderlijnde een paar belangrijke passages.

Zowel in als buiten mijn huishouden.

Ontsnappen.

Hoe lang ook.

Latere brieven gingen meer in detail en Slim vond de eerste echte vermelding van een gezin.

'Mijn dochter verontrust me ten hoogste, haar gemoedsgesteldheid blijft immers slechter worden. Haar moeder biedt niet veel hulp, ze vit meedogenloos op het kind. Ik heb gedaan wat ik kon om haar trauma te lenigen, maar de aanwezigheid van Charlotte lijkt steeds minder te helpen. Het is altijd mijn enige bedoeling geweest om mijn dochter vrede te brengen, maar ik vrees het trauma door de daden van haar moeder en de zogenaamde lessen die ze moest leren als excuus voor haar wreedheid. En toch, ondanks mijn afkeer, is ze ook een vrouw die niet goed bij haar hoofd is en dat kan ergens een vergoelijking zijn. Haar ziekte heeft haar verwoest, maar ik heb het gevoel dat het mijn schuld is. Misschien, als ik haar nooit naar hier gebracht had...'

Slim schudde zijn hoofd. Amos kwam over als een erg erudiet man die gevangen zat in een web van tegenslagen.

De laatste brief onthulde echter meest van al.

'Ik heb mijn plannen gemaakt. We zullen over land reizen aangezien ik nooit graag gevlogen heb en je mist ook zo veel, vind je niet? Ik heb kaartjes geboekt voor de ferry van Plymouth naar Santander, vanwaar ik graag per trein verder zou reizen. Ik vrees de gevolgen die mijn afwezigheid kan hebben, maar ik heb al extra hulp geregeld voor de boerderij en het huishouden. Mijn vrouw zal het begrijpen en zoniet, zal dat misschien veelzeggend zijn. Het zal ook Celia deugd doen om een tijdje weg te zijn van de Worthboerderij en een beetje van Europa te zien. Dat zal misschien een verschil maken. Ik kan het alleen maar hopen. Eerst zal ik ervoor zorgen dat zowel Charlotte als mijn onafgewerkt project veilig zijn voor eventuele wraakacties en dan hoop ik dat mijn dochter en ik bij je zullen zijn, mijn goede vriend, een dag of twee na de vierde.'

'Huh?' Slim schudde zijn hoofd. Het stond daar zwart op wit: Amos was van plan geweest een lange buitenlandse reis te maken. Hij had zijn gezin niet in de steek gelaten en hij was zelfs van plan geweest om Celia mee te nemen.

Het was allemaal nog erg onduidelijk, maar er was toch weer een puzzelstukje op zijn plaats gevallen. Amos was nooit van plan geweest om te verdwijnen, dus moet er iets met hem gebeurd zijn.

Wie waren de verdachten? Loog Michael weer? Kan Nick iets ergers dan verkrachting in zich hebben?

Slim schudde zijn hoofd. Hij had Michael al uitgesloten. Nick was beslist een monster, maar Slim zag toch geen moordenaar in de leraar. Intuïtie was iets vreemds. Slim had het al vaak verkeerd voor gehad, maar Nick was het soort kerel dat aasde op jonge vrouwen, niet op mannen op hun hoogtepunt. Hij was een zielige lafaard, maar geen moordenaar.

Iemand anders dan?

Slim masseerde zijn slapen. Hij had iets cruciaals gemist. Hij wist het.

45

DE VOLGENDE DAG was het zaterdag en dus reden er geen bussen naar Tavistock. Hij wandelde naar het dorp, naar zijn gebruikelijke uitkijkpunt, en belde Celia, maar kreeg weer geen antwoord.

Zijn bezorgdheid kookte over tot regelrechte ongerustheid. Hij had haar avances - tot zijn spijt, nu hij erover nadacht - afgewezen, maar geen enkele vrouw die hij ooit gekend had, zou zo lang kwaad gebleven zijn. Niet in het geval hij technisch gesproken ook haar werknemer was.

Hij had haar zoveel te vertellen. De brieven, zijn verdenking van Nick Jones, het bewijsmateriaal dat de leraar verbindt met Penleven. En dan waren er de brieven: het bewijs dat Amos zijn dochter niet vergeten was, dat hij zelfs van plan was geweest om haar mee te nemen.

Hij had haar ook zoveel te vragen. Waar was al het geld naartoe? Wie kan Amos genoeg vertrouwd hebben om Charlotte en zijn project daar achter te laten terwijl hij naar het buitenland ging?

En ook al kon het pijn doen om lang begraven herinneringen op te halen, hij wilde meer te weten komen over Celia's zogezegde gemoedsgesteldheid en de vermeende wreedheid van haar moeder.

Er konden sporen van overal komen.

Toen de batterij van zijn telefoon plat was door de volgende twintig medische inrichtingen op zijn lijst te bellen - waarvan de helft gesloten was omdat het weekend was - liep hij terug naar de B&B.

Het was maart geworden zonder dat hij het beseft had en voor hij de trap op kon lopen, vroeg mevrouw Greyson hem om te helpen de tuinmeubels uit het tuinhuisje te halen.

Ze beloonde hem weer met een speciale koffie in de veranda achteraan, maar deze keer hield ze het gesprek vooral op smalltalk: algemene opmerkingen over wonen in een dorp, haar tuin, de heide. Slim vond het gesprek zo ontspannend dat hij er bijna triest om was toen ze overeind kwam om de kopjes af te ruimen.

In zijn kamer trok Slim de klok van onder zijn bed en liet zijn vingers over het houtsnijwerk glijden terwijl hij luisterde naar het zachte getik.

Niet afgewerkt. Amos had haar weggebracht om op een veilige plaats te verbergen, maar was niet meer teruggekeerd.

Slim had Kay's kopie van het briefje in dezelfde zak gestopt en hij haalde het nu ook uit. Amos had Charlotte meegenomen op zijn arm, maar er was iets gebeurd met het meisje.

Charlotte.

Eerst zal ik ervoor zorgen dat zowel Charlotte als mijn onafgewerkt project veilig zijn...

Een klok, had Slim ondervonden, kan begraven worden. Maar wat was Amos Birch van plan geweest met het meisje? Waar had hij haar heengebracht?

In de loop van de voorbije weken had Slim zich een beeld gevormd van Amos, Mary en Celia, maar Charlotte bleef een raadsel. Hij wist bijna niets over haar, behalve wat hij op de video gezien had.

Hij ging rechtop zitten. Er moesten nog sporen zijn. Hij nam de videoband die hij nog altijd terug moest geven aan Celia en stopte hem in de speler.

De korrelige beelden verschenen. Slim leunde achterover op het bed en keek naar de reeks videofragmenten. Amos was het meest in beeld; op de boerderij, in zijn atelier. Soms wandelend tussen de bomen voorbij de boerderij. Mary was zo goed als afwezig, afgezien van een paar onderbrekingen, terwijl Charlotte stil was en meestal onbeweeglijk op de arm van Amos Birch, of dicht zittend terwijl hij aan het werk was.

Slim fronste. Er was iets dat hij miste. Hij keek boos naar het scherm en wenste dat hij zich kon focussen op zijn gedachten.

En dan was het er. De olifant in de kamer; de wortel voor zijn neus die hij de hele tijd ontweken had om verder te kijken en die hij weigerde te aanvaarden. Hij kreunde verslagen en greep tegelijk naar zijn jas en zijn telefoon. Hij moest met Kay praten.

Hij moest nu met Kay praten.

46

'WEET JE IN hemelsnaam hoe laat het is?' zei Kay en hij klonk tegelijkertijd moe en woedend. 'Kan het niet wachten tot morgenochtend, Slim?'

Slim keek op zijn horloge, maar zijn horloge was verdwenen, misschien lag het nog in zijn kamer. Het was donker, maar een heldere hemel en bijna volle maan verlichtten de verre heuveltop van Bodmin Moor, een spookachtige zee verrees langs de horizon, slokte de heuveltoppen op en tilde verlaten boten op in haar kielzog.

Hij herinnerde zich niet dat het nacht geworden was. Het deed er niet toe.

'Kay. Het gaat over die video die ik je gestuurd heb. Ik moet een paar dingen checken.'

'Nu? Ik was net bezig met iets.'

'Luister, het spijt me. Het zal niet lang duren. Ik moet gewoon weten waarom je de video eng vond. Het is toch gewoon een video van een gezin, of niet? Een meisje, een oudere man, een moeder in een rolstoel en een kind. Toch?'

'Lieve hemel, hoeveel heb jij gedronken? Je gaat er nog eens aan ten onder, Slim. Vergeet dat niet.'

'Vertel het me, Kay! Zie je ook wat ik zie?'

'Jij lijkt wel oogkleppen op te hebben. Ja, ik zag een gezin. Een verknipt gezin. De stem van een meisje achter de camera, een man van middelbare leeftijd die zich ongemakkelijk gedraagt bij het kind en een zuurpruim in een rolstoel, maar die andere... waar gaat dit over, Slim?'

'Haar naam is Charlotte. Ze is de driejarige dochter van Celia Birch en ze wordt vermist sinds de avond waarop de oude man verdwenen is.'

Kay floot. 'Ach, Slim. Ik weet niet wat dat is, maar het is geen kind.'

47

HIJ HERINNERDE ZICH niet dat hij naar de B&B teruggekeerd was, alleen dat het ochtend was en hij onderuitgezakt tegen de muur op de veranda van mevrouw Greyson zat met een lege whiskyfles in zijn hand die hij uit haar kast genomen had. De zon kwam op boven de bomen aan het uiteinde van haar tuin en er floten vogels op het dak.

Hij ging rechtop zitten en zijn zicht werd wazig toen zijn maag samenkneep. Hij stak zijn hand uit en vond de antieke, gietijzeren klok van mevrouw Greyson op de veranda naast hem. Ze wees iets over halfzeven aan.

Het was moeilijk om recht te komen. Het was moeilijk om terug te gaan door de keuken, om de klok weer op de schouw op exact dezelfde plaats te zetten en om de fles te verstoppen achter een paar andere. Het was zelfs moeilijk om de voordeur, die hij wijd opengelaten had, te sluiten terwijl een stem van bovenaan de trap weerklonk.

'Meneer Hardy?'

Slim mompelde iets als antwoord, maar zijn brein, noch zijn oren waren zeker wat.

'Een dauwtrip?'

Nog wat gemompel.

Mevrouw Greyson knikte langzaam. 'Oké, ik zal u binnen een paar uur roepen als het ontbijt klaar is.'

'Dank u.'

Het was een opluchting toen hij zichzelf weer in zijn kamer opsloot. Hij zat op de rand van het bed met zijn hoofd in zijn handen. Er begonnen zich barstjes te vertonen die zijn geestelijke gezondheid bedreigden. Ook al was de openbaring

(er was geen kind er was geen kind)

nog een puzzelstukje, toch voelde Slim nu al op hem wegen wat hij eventueel nog gemist had.

Na een ontbijt waarbij elke hap hem bijna deed braken ondanks de stiekeme goede daad van mevrouw Greyson om een paar paracetamols onder zijn bord te verbergen, keerde hij terug naar zijn kamer en zette de video weer aan.

Dit keer natuurlijk zonder oogkleppen. Amos Birch, gebogen met haar op zijn arm, alsof Charlotte veel meer woog dan een peuter, pratend tegen een ding dat nooit antwoordde. Er was wel beweging; een rukje met haar hoofd alsof ze interesse voorwendde, armen die opgetild werden, het ijdele geschop van haar voeten. De kleren die Charlotte droeg verraadden niets en verborgen grotere aanwijzingen, maar haar huid was te glad, te bleek en trok een lichte gloed aan van de lichten in het atelier.

Een mechanische pop. Misschien bewoog ze met spraakbesturing, of door hendeltjes te bedienen. Er zat geen enkele close-up van haar in de opnames en vanop een afstand waren haar proporties perfect zoals bij een meisje van drie jaar.

Celia had gelogen. Het was volstrekt onmogelijk dat ze echt geloofd had dat een pop - hoe levensecht ook - haar dochter was.

Slim keek naar de reiskoffer die achter de deur stond. Het zou gemakkelijk zijn om in te pakken en binnen een paar uur in het binnenland te staan. Hij zou nooit nog moeten denken aan de Birches.

Er reden geen bussen naar Tavistock op zondag, maar als er ooit een dag was waarop Celia thuis zou zijn, was het nu. Hij pakte wat spullen in een rugzak en ging naar buiten.

Zijn kater hield niet van Bodmin Moor, maar zijn zieke lever waarschijnlijk wel. Het was een dom plan, een dat alleen bedacht kon worden door een dronkelap die de wereld door een waas van alcohol zag, maar hij dacht dat hij langs de A30 het meeste kans had om een lift te krijgen en de snelste manier om daar te komen was recht door Bodmin Moor.

Het was al na de middag toen hij er raakte, moe en nat strompelde hij door de deur van de Jamaica Inn en bestelde meteen een pint en de dagschotel, wat die ook was.

Vanop een parkeerplekje aan de overkant van de straat probeerde hij te liften. Na een uur vruchteloos met zijn duim zwaaien, overtuigd dat er niemand zo erg naar een babbeltje smachtte om iemand mee te nemen die eruitzag als een dakloze alcoholist, werd hij opgepikt door een boer uit Stoke Climsland. Slim deed alsof het hem interesseerde toen de boer vriendelijk babbelde over het weer en zijn twee werkende kinderen. Toen werd hij gedropt aan het begin van een landweggetje een paar kilometers buiten Tavistock.

Tegen dat hij bij Celia's straat was, was het donker en hij voelde zich alsof hij al een paar keer rond de wereld gereisd was toen hij naar de deur sjokte.

Hij had geen zin om subtiel te zijn. Hij zorgde dat er niemand in de buurt was, haalde dan de betonschaar uit zijn rugzak en ramde een uitstekende haak tussen de deur en de deurpost om het slot met een luide krak te breken.

Hij had ergens gelezen dat de politie in het VK gemiddeld elf minuten nodig had om ter plaatse te zijn, dus had hij net genoeg tijd om te controleren of Celia binnen was.

Hij klikte snel op de lichtschakelaar binnen de deur en stelde vast dat de elektriciteit nog werkte. Hij kreeg een nette, maar eenvoudige keuken te zien. Geen versieringen, geen prenten of foto's op de koelkast of aan de muren, niets dat erop wees dat hier iemand woonde.

Hij schakelde het licht weer uit en gebruikte liever een zaklamp die hij meegebracht had. Hij opende een kast die leeg was, afgezien van een paar pakjes pasta en ongeopende koekjes. Ook de koelkast was zo goed als leeg; er stond een karton melk in. De uiterste gebruiksdatum was dezelfde als de dag dat Slim haar laatst gezien had.

Een deur leidde naar een eenvoudige woonkamer. Er stond geen tv. Twee leunstoelen stonden naar elkaar gedraaid met een leeg bijzettafeltje ernaast. Een ervan zag er gebruikt uit, de zitting was ingedrukt en de leuningen een beetje versleten. De andere zag er nieuw uit. Net als in de keuken hingen ook hier geen foto's aan de muur; er was niets persoonlijks. Slim liep erdoor, behoedzaam dat hij niets aanraakte, en opende een binnendeur.

De kamer was donker, de gordijnen waren dicht. Het silhouet van een bed leek een vierhoekige, zwarte klomp die niet helemaal tegen de muur stond, maar er deels van weggetrokken alsof iemand er iets achter gezocht had.

En hier waren er, eindelijk, tekenen van bewoning, kleren die op de grond slingerden, shampooflessen en haarlak naast lege bierblikjes en zelfs een kartonnen Pringlestube. Over alles heen lagen vellen papier gestrooid met gerafelde hoeken van waar de punaises in de muur waren blijven zitten toen ze eraf getrokken waren.

Hij deed het licht aan. Tientallen korrelige beelden van het gezicht van een pop staarden hem aan. Ze waren met een camera genomen van een gepauzeerd tv-scherm en dan met een kleurenkopiemachine afgedrukt en vergroot. Slim kreeg een wee gevoel in zijn maag. Zijn knieën knikten en hij hurkte voor de schok hem deed neervallen.

'O, Celia', fluisterde hij.

48

DE PARAMETERS VAN zijn zoektocht konden nu verfijnd worden, Celia opsporen was veel eenvoudiger.

Hij had welgeteld drie telefoontjes nodig om haar te vinden. Niet een verpleegster zoals ze beweerd had, maar een patiënt in het Melton Road Psychiatric Hospital waar ze al sinds 1997 een bewoonster was, het jaar nadat haar vader verdwenen was.

Een dokter vertelde Slim - die zich voordeed als een vriend van de familie - dat Celia ambulant opgenomen was sinds begin 2006 en begeleid woonde in een appartement in Tavistock, waar ze drie nachten per week mocht slapen. Ze mocht ook een parttimejob hebben in een plaatselijke fabriek.

Haar diagnose: schizofrenie met waanbeelden. De dokter legde uit dat Celia sinds halverwege haar tienerjaren moeite had om een onderscheid te maken tussen wat echt was en wat niet. Bepaalde dingen, zei hij, die getriggerd of misschien onderdrukt werden door traumatische ervaringen hadden ervoor gezorgd dat ze geloofde dat bepaalde aspecten van haar leven echt waren terwijl ze eigenlijk creaties van haar eigen verbeelding waren.

Charlotte. Haar leven als verpleegster. Misschien zelfs haar verkrachting.

'Ik moet haar spreken', zei hij. 'Het is belangrijk.'

Het bleef even stil aan de andere kant van de lijn. Slims hoofd tolde terwijl hij wachtte op een reactie van de dokter.

'Ik vrees dat dat niet mogelijk is. Ze heeft een paar dagen geleden een ongeval gehad.'

Slim luisterde geschokt toen de dokter vertelde dat Celia, die het verboden is te rijden, overkop gegaan was met een gestolen Ford Fiesta toen ze wegvluchtte voor de polite. Toen bleek dat ze ook verantwoordelijk was voor een andere, recente diefstal van een Rover Metro uit 1994, een auto die achtergelaten was op een landweg niet ver voorbij Tavistock.

Slim kneep zijn ogen dicht en wenste dat hij de klok terug kon draaien.

'Waar is ze nu?'

'Derriford Hospital. Intensieve zorgen.'

Nadat hij had ingehaakt en zijn zenuwen weer wat onder controle kreeg met een blikje bier van een winkeltje in de buurt, probeerde Slim Don te bellen om hem ervan te weerhouden Nicks carrière om zeep te helpen, maar kreeg geen gehoor. Dus belde hij dan maar het ziekenhuis en vroeg om Celia te spreken.

Doordat ze wat strenger waren met privé-informatie dan het psychiatrisch hospitaal had Slim een paar minuten nodig om het personeelslid dat hij aan de lijn had te overtuigen dat hij een ver familielid was. Eindelijk werd hij doorverbonden met een dokter die hem vertelde dat Celia bij het ongeval gewond was geraakt aan haar hoofd. Ze was bewusteloos en het was hoogst onwaarschijnlijk dat ze nog beter zou worden.

Hij doolde als verdoofd door Tavistock. De bank die de vorige nacht zijn bed geweest was, werd zijn toevluchtsoord waar hij zat en dronk en afdaalde langs verschillende niveaus van zieligheid tot een man met een slordige baard, nog slordiger kleren en ogen als kauwgomballen hem vroeg waarom hij huilde en hem aanbod zijn fles White Lightningcider te delen.

Zijn hele wereld lag in duigen. Slim probeerde zich te herinneren of hij iemand, één iemand, met zijn onderzoek geholpen had. Het antwoord was negatief. Hij was zoveel keren gewaarschuwd, maar hij was blijven graven en blijven met de kop tegen de muur lopen die nu ingestort was. Het resultaat was dat Celia, die misschien toch een greintje vrede gekend had voor hij zich ermee bemoeide, nu op sterven lag.

Amos Birch, zag hij nu, had gedaan wat hij kon om zijn dochter te helpen. Doordat ze getraumatiseerd was door iets had hij een mechanische pop gemaakt om de leegte in het leven van zijn dochter te vullen.

Hij heeft die pop voor haar gemaakt', murmelde hij tegen de dronkelap die wijs knikte. 'Hij heeft dat ding gemaakt om haar te helpen.'

'Beetje overdreven', zei de dronkaard. 'Hij had naar Tesco's kunnen gaan en zo'n Disneypop kunnen kopen.

Dat meisje moet wel ferm verknipt geweest zijn, als je 't mij vraagt.'

'Ja, dat was ze ook.'

'Waarom, hé?'

'Wat?'

'Niet veel moeders maken hun dochter gek. De mijne heb ik nooit gekend, maar toch. Het moet een of ander trauma geweest zijn.'

Overtuigd dat de dronkaard gewoon meeging in wat hij beschouwde als de klaagzang van een andere dronkaard voelde Slim het tandwiel verder draaien en hem meetrekken in de duisternis.

Hij nam een laatste slok White Lightning terwijl de dronkelap naast hem verder brabbelde over sociale diensten en dan ging Slim rechtop zitten. Hij gaf de fles terug en dacht aan Charlotte.

Er was meer. Er moest meer zijn.

Hij excuseerde zich en trok, hopend dat hij de laatste bus naar Plymouth niet gemist had, de stad weer in.

49

SLIM HIELD DE fotokopie stevig in zijn hand. Er verspreidde zich langzaam een traantje dat dan in het papier drong. Het was op Celia's naam terechtgekomen en de c werd traag groter terwijl de inkt openbloeide als algen in een vijver.

Merrifield, Charlotte Ann
Moeder: Merrifield, Celia Vader: onbekend
Geboren op 19 juni 1992.
Gestorven op 19 juni 1992.
Doodsoorzaak: doodgeboorte.

Slim bleef de informatie herlezen. Iedere keer dat zijn ogen de paar regels overliepen, voelde hij een stuk van zijn geestelijke gezondheid afscheuren.

En als het zo moeilijk was voor hem, hoe was het dan voor Celia geweest?

Er was toch een baby geweest. Een klein meisje dat

gestorven was in de baarmoeder zonder ooit haar oogjes geopend te hebben.

Charlotte Merrifield.

Charlotte Birch.

Slim belde naar het Derriford Hospital om te informeren naar de bezoekuren om naar Celia te gaan, maar ze zeiden dat ze nog altijd op intensieve zorgen lag en nog steeds niet reageerde. Hij was welkom om naar het ziekenhuis te komen, maar in haar kamer mocht hij niet binnengaan.

Hij had zin om dronken te worden en dan haar kamer binnen te dringen om haar te zeggen dat het hem speet, maar hij was het beu dat hij zo'n warboel van zijn leven maakte. Er moest iets positiefs zijn dat hij kon doen dat ook echt zou helpen.

Amos Birch had Charlotte meegenomen toen hij zijn onafgewerkte klok ging verbergen voor de woede van zijn vrouw. Als de klok begraven was op Bodmin Moor, was het logisch dat Charlotte daar ook begraven was.

Bodmin Moor was enorm groot. Slim zou ze nooit vinden. Tenzij...

Geen bussen meer. Hij had het gehad met krappe zitplaatsen, kronkelende landweggetjes en lange pauzes terwijl de bus tegen de haag geduwd stond om een tractor te laten passeren. Hij had een creditcard, dus het was tijd om te zien of die nog werkte.

Hij ging naar een ijzerwinkel om een stevige spade te kopen, ging dan weer naar buiten en hield een taxi staande.

50

HIJ MOEST TOT de late middag wachten, tot de schaduwen die zich over de heide strekten in een gelijkaardige positie waren als hoe hij het zich herinnerde van de dag dat hij de klok gevonden had, voor hij zich kon oriënteren. Ook al vond hij het rotsachtige stuk ten westen van het pad waar hij gestruikeld was, hij liep zich nog een goed half uur tussen de stenen af te vragen of hij de juiste plek ooit zou vinden en dan vond hij een omgewoeld stukje grond waar een strook van een gescheurde plastic zak uit de grond lag te wapperen.

Hier.

Hij duwde de spade langzaam in de grond tot hij weerstand voelde. Dan, met behulp van de bovenkant van de spade en zijn handen, schraapte hij de turf weg om het object dat onder de klok begraven had gelegen, tevoorschijn te halen.

De houten kist was in cellofaan gewikkeld geweest

dat uitgerafeld was, waardoor het water in het hout gedrongen was en er vlekken op gemaakt had. Het voelde echter nog stevig en toen Slim de zware kist uit de aarde trok, rammelde er iets in.

Het deksel was waterdicht. Slim gebruikte de rand van de spade om het los te wrikken en tilde het dan op met trillende vingers.

De laatste stralen van de avondzon vielen op het gezicht van Charlotte toen Slim de kist schuinhield om erin te kijken. Hij hapte naar adem en liet haar bijna vallen toen de ogen van het meisje openknipperden

(het is een pop een pop een pop)

en het hoofd in zijn richting knikte. De nette lagen metaal naast haar mond klikten open om een mooie glimlach te vormen.

Hij ademde scherp uit. Een robot, een vintage mechanisch stuk speelgoed dat bediend werd door honderden radertjes en hendeltjes die verborgen zaten in het lichaam. De pop had zich verplaatst in de kist, waardoor een proces in gang gezet was dat haar uitdrukking veranderde. Toen haar ogen weer knipperden en de glimlach terugkeerde naar zijn uitdrukkingsloze plaats, slikte Slim en voelde zich alsof hij zijn eigen monster wakkergemaakt had.

Hij staarde er een paar tellen naar, maar er gebeurde verder niets. De beweging had haar geactiveerd. Voorzichtig dat hij de kist niet deed bewegen, stak Slim zijn hand uit om Charlottes gezicht aan te raken.

Of Amos Birch de pop helemaal zelf gemaakt had of gewoon een oude pop gekocht had om op te knappen, zou Slim allicht nooit weten. Het vakmanschap was buitengewoon en elk oppervlak was perfect in lijn. Van dichtbij was het gezicht een reeks van verschuivende platen die konden bewegen om emotie uit te drukken, maar hij moest zijn ogen maar even laten ontspannen om Charlottes gezicht te vervagen tot dat van een echt meisje.

Hij nam de pop uit de kist. Het grootste gedeelte van Charlottes lichaam was gemaakt van hout, maar toen ze verschoof in Slims armen hoorde hij het geklik en geping van duizenden klokmechaniekjes aan de binnenkant.

'Jij hebt haar voor haar gemaakt, hé?' fluisterde Slim. 'Je hebt haar gemaakt om de pijn van je dochter te verlichten... en misschien zelfs die van jou.'

51

DERRIFORD HOSPITAL BESTOND, net als alle ziekenhuizen, uit eindeloze gangen met te veel deuren en onuitspreekbare bordjes die de weg wezen naar wachtkamers vol sombere mensen die tv keken of maandenoude tijdschriften lazen. Slim navigeerde door het labyrinth naar de afdeling intensieve zorgen waar hij een dokter zocht die van dienst was.

Soms was het best je te vermommen, maar soms was absolute eerlijkheid van het grootste belang. Slim vertelde zijn verhaal laag per laag aan de dokter: dat hij naar Cornwall gekomen was om te herstellen van zijn eigen problemen, maar dat hij betrokken geraakt was bij het mysterie van de verdwijning van Amos Birch, wat hem uiteindelijk naar Celia geleid had. Als hij geweten had dat ze auto's stal om met hem af te spreken, dan had hij haar gerust gelaten en hij gaf zichzelf de schuld van haar ongeval.

Toen de dokter blijk gaf van medeleven, toonde

Slim de kist van Charlotte en zei hij dat hij een oude schat gevonden had die van Celia was en dat hij zich afvroeg of hij haar een paar minuutjes kon zien.

Zijn verzoek werd ingewilligd op voorwaarde dat er een verpleegste bij de deur mocht wachten. Slim ging akkoord. De dokter leidde hem door de gang naar een helle, maar eenvoudige kamer met uitzicht over akkers in het zuiden. Celia, van wie alleen de ogen en de mond zichtbaar was door verband, lag aan een reeks machines die met een geruststellende regelmaat biepten.

'Verwachten jullie dat ze wakker zal worden?' vroeg hij aan de verpleegster.

De vrouw schudde even triest haar hoofd. 'We proberen het haar gewoon gemakkelijk te maken', zei ze. 'Ze droeg geen veiligheidsgordel.'

Slim knikte. Hij nam een stoel naast het bed en zette de kist op zijn knieën.

'Dag Celia', zei hij en hij raakte haar hand aan. Haar huid voelde als rubber onder zijn vingers en toen hij met zijn arm tegen de tube streek die in een ader in haar arm zat, moest hij even zijn ogen sluiten om zijn emoties onder controle te krijgen.

'Het is Slim', zei hij toen hij zeker was dat hij kon spreken zonder te beginnen huilen. 'Ik wilde gewoon even zeggen dat ik spijt heb van alles wat gebeurd is. Ik heb een fout gemaakt. Ik had je familie met rust moeten laten. Ik dacht echt dat ik te weten kon komen wat er met je vader gebeurd was, maar ik was me niet bewust van de schade die het verleden weer opgraven, kon veroorzaken. Het spijt me oprecht.'

Hij haalde diep adem en concentreerde zich om zijn

stem gelijkmatig te houden. Hij keek even naar de verpleegster die hem een meelevende glimlach schonk.

'Ik wilde gewoon zeggen dat jou ontmoeten een diepe indruk heeft nagelaten bij me. Ik ben een eenzame, gebroken man en een groot deel van me heeft zo'n diepe spijt dat ik je aanbod afgewezen heb, niet omdat dat ertoe geleid kan hebben dat je hier nu ligt, maar omdat ik in jou herkende wat ik al dikwijls bij mezelf gezien heb. Jij bent echter op een andere manier gebroken en ik denk niet dat mijn hart je had kunnen lijmen.'

Hij keek door het raam naar een condensatiestreep van een vliegtuig in de verte en dacht eraan dat Amos Birch in zijn brief geschreven had dat hij een afkeer van vliegen had.

'Ik heb je vader niet gevonden.'

Hadden haar oogleden even bewogen? Slim trok zijn stoel een beetje dichter en schraapte zijn keel.

'Soms is het niet de bedoeling dat iemand gevonden wordt. Maar ik ben wel te weten gekomen wie je die avond pijn gedaan heeft. Het was een man die je had moeten kunnen vertrouwen en ik zal alles doen wat ik kan om ervoor te zorgen dat hij voor het gerecht komt. En...' Hij zweeg weer even. 'Ik heb Charlotte gevonden. Ik heb haar meegebracht voor je. Ze is hier nu bij mij.'

Deze keer bewogen haar oogleden duidelijk. Slims hart ging tekeer toen hij de kist opende en de pop eruit tilde. Charlotte bewoog met een reeks van klikken toen Slim haar op zijn schoot zette.

'Charlotte... ze is hier, Celia. Precies zoals je je haar herinnert. Je dochter. Je vader hield zoveel van je. Hij heeft altijd van je gehouden. Dat ben ik te weten gekomen. Hij was niet van plan jou achter te laten, maar hij had geen controle over de omstandigheden. Voor hij vertrok, heeft hij er echter voor gezorgd dat Charlotte veilig was en dat was ze, al die jaren. Ze is precies zoals je je haar herinnert. Ze is helemaal niet veranderd. Ik zal je haar laten vasthouden, Celia. Is dat oké?'

Hij ging staan. De verpleegster wilde ook rechtstaan, maar Slim glimlachte naar haar en deed teken dat ze mocht blijven zitten.

Hij tilde Charlotte behoedzaam op en legde haar dan op het bed; hij verlegde Celia's arm zodat Charlotte zich in haar arm kon nestelen. Hij nam haar vingers en legde ze over Charlottes buik.

'Tot ziens, Celia.'

Hij bleef even staan kijken voor hij vertrok en net op dat moment zag hij Celia's mondhoeken heel even een vage glimlach vormen. Op Charlottes buik bogen haar vingers zich heel even.

Toen hij zich omdraaide, zag hij de verpleegster haar ogen deppen met een zakdoekje.

'Dank je wel', fluisterde ze.

Hij ging wat wandelen op het aangename domein rond het parkeerterrein van het ziekenhuis. Het duizelde hem en zijn tranen bleven stromen. Het enige wat hij zag, was Celia die in een ziekenhuisbed lag.

Doordat hij niet goed wist wat hij nog kon doen, begon hij uiteindelijk weer richting het ziekenhuis te lopen, waar hij een rustige wachtkamer vond en een koffie uit een automaat haalde. Hij ging op een plastic stoel zitten en schakelde zijn telefoon aan.

Don had een bericht ingesproken.

'Sorry, Slim, ik moet me verontschuldigen. Ik ben in die telefoon geraakt die je me opgestuurd hebt en er zat nogal wat ranzigheid in. Een paar totaal ongepaste e-mails naar minderjarigen en zo van die dingen. Ik heb een paar notities gemaakt en ze naar je gemaild. Helaas heb ik me vergist van adres en ze per ongeluk naar een roddelblad gestuurd. Wat ben ik toch een stommeling. Tot later.'

Slim glimlachte. Dus Nick zou toch gerechtigheid krijgen. Hij dacht er net aan om Don terug te bellen en hem te bedanken toen hij opkeek en de verpleegster uit Celia's kamer bij hem zag staan.

'Meneer Hardy, hier ben je.'

Toen hij haar vol verwachting aankeek, schudde ze even vol spijt met het hoofd. 'Celia is net nadat u vertrokken was, overleden', zei ze. 'Het spijt me heel erg. Ik wilde u even laten weten dat ik denk dat u haar vrede hebt geschonken voor ze stierf. Veel patiënten krijgen dat niet. Dank u wel, meneer Hardy.'

Hij wilde antwoorden, maar er kwamen geen woorden. Dus trok hij de verpleegster dan maar in een omhelzing en snikte het uit op haar schouder.

PENLEVEN WAS EVEN stil als altijd op de dag dat Slim besloten had dat het zijn laatste zou zijn. Celia Birch was twee dagen eerder gecremeerd en haar as zat in een klein kistje in een stil hoekje van het kerkhof van Penleven. Slim had erop gestaan dat de pop en Amos' laatste klok met haar mee gecremeerd werden, zo kon ze in vrede rusten met herinneringen aan de twee belangrijkste mensen in haar leven.

Slim, die met schuldgevoelens geworsteld had na Celia's overlijden, begon zich stilaan weer wat optimistischer te voelen.

Het was nu drie dagen sinds Slim besloten had nuchter te blijven voor Celia's begrafenis - een eenvoudige bedoening waar een paar mensen die hij ook niet verwacht had daar te zien, hun wenkbrauwen optrokken toen ze hem zagen - en hij had het gevoel dat hij zijn uitstapje naar het platteland misschien wel zonder veel kleerscheuren overleefd had.

Met een frisse geest was het gemakkelijker geweest om na te denken over het originele mysterie - dat van de verdwijning van Amos Birch.

Niemand verdween zomaar. Ze gingen altijd ergens heen.

Hij kwam overeind toen hij June verderop in de straat opmerkte met een warrige poedel aan de leiband die erop gebrand leek om zijn neus in elk plukje gras te steken dat ze passeerden.

'Ik wist niet dat je een hond had,' zei hij.

June haalde haar schouders op. 'Ik heb haar gisteren uit het asiel in Wadebridge gehaald. Ik dacht, ik stel eens een goede daad.'

Slim glimlachte. 'Hoe heet ze?'

'Reg.'

June lachte om de geschrokken uitdrukking op Slims gezicht. 'Niet waar, hoor. Rose.'

'Mooi.'

'Je lijkt het niet erg druk te hebben, Slim. Zou je nog geïnteresseerd zijn in dat kopje thee?'

Slim glimlachte. 'Ik vrees dat ik vandaag vertrek.'

June zag er even bedrukt uit, maar herstelde zich met een glimlach. 'Ik zal je missen, Slim. De Crown zal hetzelfde niet zijn zonder dat jij de vaste klanten op stang komt jagen en bijna gevechten uitlokt.'

'Ach, je zal me snel vergeten zijn', zei hij. 'Je hebt Rose nu om voor je te zorgen.'

'En ik druf wedden dat ze verdorie veel betrouwbaarder is.' June haalde haar schouders op. Ze keek hem aan met die ongemakkelijke blik die betekende dat ze zowel wilde bij hem blijven als er snel vandoor gaan.

'Je hebt hem dus niet gevonden?'

'Amos?' Slim schudde zijn hoofd. 'Nee.'

June bleef even ongemakkelijk staan, boog zich dan naar Slim en gaf hem een kus op zijn wang. Ze kneep even in zijn hand en stapte dan achteruit doordat Rose trok om haar neus in de haag te kunnen stoppen.

'Soms is het niet de bedoeling dat iemand gevonden wordt', zei ze. 'Tot ziens, Slim.'

Hij keek toe terwijl ze wegging. Ze keek niet achterom.

'Nog niet', mompelde hij en keerde dan door het dorp terug.

53

Hɪᴊ ʜᴀᴅ ᴢɪᴊɴ bagage in de gang van de B&B laten staan voor hij naar het dorp vertrokken was. Toen hij binnenkwam, hoorde hij het gedempte geluid van de tv door de gesloten woonkamerdeur. De postbode was net langsgeweest dus raapte hij de brieven voor mevrouw Greyson van de mat en klopte op de deur.

Mevrouw Greyson zat in haar fauteuil naar het locale BBC-nieuws te kijken. Slim zag een glimp van een scrollende krantenkop - *Plaatselijke leraar gedwongen ontslag te nemen door recente beschuldigingen van seksueel ongepast gedrag van nieuwe getuigen* - voor mevrouw Greyson opstond. Ze zwaaide met de afstandsbediening achter haar en de tv schakelde uit, maar eerst zag hij nog een kort beeld van de buitenkant van Liskeard Secondary.

'Zo, u vertrekt vandaag, meneer Hardy? Ik zal u missen, geloof het of niet. U bent mijn nietsnutzoon geworden die ik niet kan laten te verwennen.'

Slim glimlachte en knikte dan. 'Ik denk dat ik alles

gedaan heb wat ik kon hier. Ik ben naar hier gekomen om te herstellen, maar alleen de toekomst zal uitwijzen of ik in een slechtere toestand vertrek dan ik aankwam.' Hij haalde zijn schouders op. 'Een mens moet doen, wat hij moet doen, hé? Om te overleven, om het te halen. Ik ben zeker dat u dat beter weet dan wie ook, is het niet, mevrouw Greyson?'

Ze knikte. 'Het was niet gemakkelijk om samen te leven met Roy. Ik heb er het beste van gemaakt.'

'Maar ooit droomde u van een beter leven, hé?'

Ze haalde haar schouders op en stak de tv weer aan. 'Tja, waarschijnlijk wel.'

'Ik wist het wel. Maar het is niets geworden, hé, mevrouw Greyson? Of mag ik u Mary noemen?'

Hij stak de brieven uit die hij bij de deur opgeraapt had en raakte even haar schouder aan toen ze zich met een ruk terugtrok. Ze nam haar bril om ze te bekijken; ze waren allemaal geadresseerd aan Mary Greyson van Lakeview Guesthouse, Penleven, Cornwall.

'Ik heb...'

Slim liet haar de brieven aannemen, liep dan naar de schouw en tilde de zware, gietijzeren klok op. Hij draaide haar even om in zijn handen.

'Ze heeft altijd achtergelopen, heb je me gezegd. Dat kan ik me goed voorstellen. Ze moet, wat, honderd jaar oud zijn?'

'Ze is nog van mijn grootvader, dat vervloekte ding.'

'Amos Birch kwam hier regelmatig om haar te herstellen, hé? Ik heb gehoord dat hij af en toe klokken ging herstellen in het dorp.'

'Het was de enige manier om buiten te mogen van dat mens.'

Slim draaide zich om en keek mevrouw Greyson aan. Ze zat rechtop in haar fauteuil; de brieven in haar hand was ze vergeten.

'Ik kan me voorstellen dat zo'n klok regelmatig onderhoud nodig heeft. Jullie raakten aan elkaar gehecht na een tijd, hé?'

Mevrouw Greyson staarde hem aan. 'Ik weet niet wat u insinueert, meneer Hardy. We waren vrienden, niet meer. Hij moest af en toe weg kunnen van die... tiran en Roy heeft zich nooit iets aangetrokken van wat ik deed terwijl hij weg was. Amos en ik waren allebei ongelukkig, dat schepte een band.'

Slim liet zijn vinger over de deuk onderaan het oppervlak van de klok glijden die ervoor zorgde dat de wijzerplaat scheef zat.

'Hij maakte u gelukkig, is het niet? Tot de avond waarop hij u kwam vertellen dat hij een tijdje wegging en vroeg om een paar dingen bij te houden voor hem.'

Er liep een traan over de wang van mevrouw Greyson.

'Hoe wist u...?'

'Hij zei dat hij wegging en u bent kwaad geworden. U wilde niet dat hij wegging.'

Slim tilde de klok op en sloeg ermee tegen zijn handpalm, waarop mevrouw Greyson geschrokken opsprong. Ze was nu echt aan het huilen. De brieven vlogen verspreid over de vloer toen ze naar haar wangen greep. 'Hoe kon u dat weten?'

Slim zette de klok weer op de schouw. Hij zuchtte.

'Ik wist het niet, toch niet met zekerheid. Het was een gok tot u het me vertelde. Ga zitten, mevrouw Greyson. Ik zal thee voor u zetten.'

Ze verroerde niet. Haar fauteuil werd haar gevangenis terwijl ze hopeloos naar de klok staarde en zacht heen een weer wiegde terwijl de klok bleef tikken met zware, lusteloze bewegingen als slagen in iemands gezicht. Slim bekeek haar even en ging dan naar de keuken; hij voelde evenveel opluchting als spijt.

54

SLIM GAF MEVROUW Greyson een kopje. Het trilde tegen het schoteltje toen ze het aannam en met angstige ogen naar hem keek.

'Vertel me wat er gebeurd is,' zei Slim en hij ging zitten in de leunstoel tegenover haar. 'Alstublief. Ik heb evenveel behoefte om het verhaal te horen als ik denk dat u hebt om het te vertellen.'

Mevrouw Greyson zette haar kopje neer. Ze depte haar ogen met een zakdoek. 'Hebt u ooit echt van iemand gehouden, meneer Hardy?'

Slim knikte langzaam. 'Ja. Het is niet echt goed afgelopen. Als ik er nu aan terugdenk, weet ik niet zeker of ik liever had gehad dat het nooit gebeurd was of niet.'

'Dan kan u me misschien begrijpen. Amos... we werden vrienden door die stomme, oude klok. Hij kwam hier regelmatig om haar op te winden. Hij was een tovenaar. Het leek wel of de klok tegen hem sprak. Dat ouwe ding wilde nooit correct lopen voor mij.'

Slim knikte. 'Ik heb gehoord dat hij een van de besten was.'

'Oh, hij verrichte mirakels met alle machines. Niet zoals mijn... enfin, we werden vrienden, maar ik zweer dat het niet meer was dan dat. Ik dacht dat dat alles was, maar hij was eenzaam en ik...' Ze glimlachte en snikte tegelijkertijd. 'Ik was toen ook nog veel jonger. Sommigen vonden me best knap.'

'En de relatie was wederzijds?'

'Hij kwam constant wanneer Roy weg was. Hij liep dan door het veld en over de haag achteraan opdat niemand hem zou zien en we... ik hoopte dat hij zijn vrouw zou verlaten, maar hij zei dat hij dat nooit zou doen. Niet zozeer om haar, maar omwille van Celia, dat arme kind.'

'Wat wist u over haar?'

'Alleen dat ze geestelijke niet gezond was. Dat ze problemen had. We praatten daar niet over. Hij kwam om zijn problemen te vergeten en als hij hier was, wilde ik de mijne ook vergeten.'

Ze snifte weer in haar zakdoek. Slim wachtte geduldig en sipte van zijn thee die slap smaakte zonder extra alcohol.

'En dan, op een avond kwam hij zomaar zeggen dat hij wegging. We maakten ruzie. Ik zei dat hij niet mocht vertrekken. Hij beweerde dat hij terug zou komen, maar ik zag de leugen in zijn ogen. Hij wilde vertrekken en ik pakte die klok beet en ik zei... ik zei...'

Haar handen beefden. Slim stond recht uit zijn stoel en knielde voor haar neer terwijl hij haar handen teder in de zijne nam.

'Vertel het me, alstublieft', zei hij.

'Ik zei, laat me niet in de steek... en ik gooide ermee. Ik had de deur willen raken. De klok had de deur moeten raken. Maar hij draaide zich om. Net op het laatste moment draaide hij zich om...'

Slim klopte zacht op haar handen terwijl ze huilde. Minutenlang vond ze de wil niet om te spreken, maar het gesnik nam geleidelijk af.

'Ik heb hem vermoord', zei ze. 'Ik heb de enige man van wie ik ooit echt gehouden heb, vermoord en ik heb daar sindsdien elk moment van de dag mee moeten leven.'

Slim knikte. 'U hebt me verteld dat u goed bent in dingen verborgen houden', zei hij. 'Toen de politie kwam...'

'Ik had genoeg tijd gehad om weer bij mijn positieven te komen. Het was een paar dagen later. Ik dacht dat ze misschien vermoedens hadden, dat ze een leugen in mijn stem zouden horen, maar ze kwamen nooit terug.'

'Waar was hij?'

'Ik had het lichaam in de groentekelder onder het huis verborgen. Er was een bloedvlek op de plankenvloer in de gang, maar ze hebben er zelfs nooit op gelet.'

'Waar is hij nu?'

'Ik heb hem onder de boom op het einde van de tuin begraven. De boom die hij me... die hij aan mij... gegeven had...'

Mevrouw Greyson begon weer te huilen. 'De linde,' zei Slim. 'Ik dacht al dat ik haar herkende. Er staan er nog op de Worthboerderij. Ze zijn ongeveer even groot. Je hebt de klok en de pop ook begraven, hé?'

Mevrouw Greyson knikte. 'Toen het onderzoek voorbij was, heb ik ze naar de heide gebracht. Ik wist hoe erg Amos van Bodmin Moor hield. Ik vond een plekje van waar je op een heldere dag beide kusten kunt zien.'

'En regelmatig ging u daar de klok opwinden?'

Mevrouw Greyson snifte. 'Dat is gewoon iets dat ik doe om zijn herinnering levendig te houden. Een van de vele dingen die ik doe. Maar toen u de klok vond, begon ik helemaal in de war te raken. Hoe wist u het, meneer Hardy?'

Slim haalde zijn schouders op. 'Ik zou nooit een echte rechercheur kunnen zijn', zei hij. 'Ik zou cruciaal bewijsmateriaal verbranden of met een getuige slapen. Ik ben zelfs niet zo goed als privédetective. Ik mis dingen die nochtans duidelijk zijn, ik stel indiscrete vragen, ik geef toe aan opwellingen en ik ga meer af op mijn buikgevoel dan veilig is. Maar heel af en toe klikt er gewoon iets, alsof ik verkeerd aangesloten ben.'

Hij liet haar handen los en liep terug naar zijn stoel; pakte zijn kopje beet en dronk de rest van zijn thee op.

'Er begonnen me dingen op te vallen. Hij was begonnen met u een briefje te schrijven, maar besloot dan het u persoonlijk te vertellen en tegelijk te vragen voor zijn belangrijke dingen te zorgen. Na wat ik over Mary Birch gehoord had, kon het niet kloppen dat hij haar een briefje zou schrijven. Ik had uw naam gezien op brieven in de gang, maar ik had de link nog niet gelegd. Dan was er ook de klok, de boom, het feit dat u 's nachts naar buiten ging, dat u zichzelf in slaap dronk nadat u mijn post geopend had... ik had het eerder moeten snappen.'

Ze bleven allebei een tijdje stil. Slim luisterde naar een auto die voorbijracete, een vogel die floot in de dakgoot. Uiteindelijk zei mevrouw Greyson: 'Wat gebeurt er nu? Gaan we naar het politiekantoor of komt de politie naar hier? Ik denk niet dat ik het aan zou kunnen om naar de gevangenis te gaan, meneer Hardy, maar het is wel wat ik verdien.'

Slim glimlachte triest naar haar. 'Ik heb ooit eens een man proberen te vermoorden', zei hij. 'Ik dacht dat hij het met mijn vrouw deed. Ik heb hem met een scheermesje aangevallen, maar ik had gedronken. Ik heb hem een paar keer gesneden, maar hij was bij het leger. Hij sloeg me neer en hield me in bedwang tot de politie opdaagde. Hij had maar een paar sneetjes. Maar ik werd uit het legen ontslagen en kreeg een voorwaardelijke straf voor slagen en verwondingen. Als ik nuchter was geweest, had ik misschien twintig jaar voor moord gekregen.'

'Waarom vertelt u me dit?'

'Omdat ik een man heb proberen te vermoorden en ik zit hier tegenover u, vrij. Wie van ons verdient het meest om naar de gevangenis te gaan? U leidt hier al tweeëntwintig jaar onder. U bent de man verloren van wie u hield. Dat lijkt me genoeg als straf.'

'Dus u...'

Slim ging staan toen buiten een auto stopte. 'Dat is mijn taxi. Kunt u me helpen met mijn bagage?'

Mevrouw Greyson opende haar mond om iets te

zeggen, maar sloot die toen weer. Ze knikte stil en volgde hem naar de gang.

'Ik heb genoten van mijn verblijf', zei Slim toen zijn bagage ingeladen was. 'Ik meen het. Ik heb echt genoten. U zet de beste katerkoffie die ik ooit gedronken heb. Het was in elk geval een verblijf dat ik nooit zal vergeten.'

'Dank u wel, meneer Hardy', zei mevrouw Greyson. 'Bedankt voor uw begrip.'

Slim knikte. Hij keek omhoog naar de lucht, een van de helderste die hij gezien had sinds hij daar was, en glimlachte. Dan stapte hij in in de taxi. Toen hij wegreed, keek Slim nog even om en zag mevrouw Greyson een hand opsteken als afscheid. Ze bleef even staan kijken, liet haar hand dan zakken, draaide zich om en verdween langs het pad.

Penleven lag al snel achter hem toen de taxi uit de dalen rond Bodmin Moor omhoog kronkelde. Slim zag nog een glimp van Rough Tor toen de taxi voorbij een doorgang passeerde, maar dan was ook dat voorbij en Slim realiseerde zich dat hij het niet erg zou vinden als hij de woeste Bodmin Moor nooit meer terugzag.

Het was voorbij. Hij had toch minstens de zaak afgesloten, en mevrouw Greyson misschien ook. Maar er was nog een ding dat hem dwarszat.

Het briefje.

Hij haalde de stapel papieren uit zijn tas en bekeek de foto's van de klok en dan het handschrift. Het was zo duidelijk nu. Het smalle stukje langs de onderste kant van de wijzerplaat dat leek op een maansikkel was bedoeld om er een inscriptie in te kerven en de ene regel tekst was bedoeld als grafschrift.

Maar hoe zat het met de inkervingen? Ze kwamen niet overeen met de eerste regel, maar wat dan met de tweede regel, de nauwelijks leesbare regel die Kay niet had kunnen ontcijferen? Amos had het snijwerk niet afgewerkt, maar toen Slim de fotokopie bestudeerde, fronste hij zijn wenkbrauwen.

'Hebt u genoten van uw vakantie hier in de streek?' onderbrak de taxichauffeur abrupt zijn gedachten.

'Het was... vredig', zei hij.

'Absoluut', reageerde de chauffeur. 'U hebt een mooi stukje van het land gekozen. Er komen hier niet veel toeristen en Cornischer dan de oude Bodmin Moor wordt het niet.'

Slim knikte. Op het dashboard kwam een smartphone in een houder plots tot leven toen het gps-systeem een signaal opving. Slim staarde er nadenkend naar.

'Mag ik misschien uw telefoon even lenen?' vroeg hij. 'Ik zou iets willen opzoeken.'

De chauffeur plukte de telefoon uit de houder en gaf hem door. 'Tuurlijk. Ik denk dat ik ondertussen wel weet waar ik ben.'

Na wat geklik opende Slim een onlinevertaler. Met de kopie van het briefje balancerend op een knie tikte hij een paar woorden in tot waar hij op gehoopt had op het scherm verscheen.

'Jezusmina.'

'Alles oké daar achteraan?'

'Kent u een beetje Cornisch?' vroeg Slim aan de chauffeur.

'Helaas niet. Ik kom uit Tiverton, over de grens. Plaatsnamen en zo, en natuurlijk Kernow van op de borden. Maar dat is het zo ongeveer.'

'Dank u.'

Slim keek naar de telefoon, dan naar het papier, naar de twee woorden in de tweede regel die zichtbaar waren. "Amper" betekende "tijd" in het Cornisch en wat voor Kay op "puppy" geleken had, kon best wel eens "pupprys" zijn, het Cornische woord voor "voor altijd".

En dan was er natuurlijk nog de initiaal op het einde van de onderste regel. De a, zag Slim nu, was geen a, zelfs geen m zoals Kay gesuggereerd had, maar leek er een beetje op door de waterschade en een scheurtje dat het papier omgedraaid had.

Het was ooit een k geweest.

Het duurde maar een paar minuutjes om te bedenken waar de k voor gestaan kon hebben.

Keugh sira-wynn.

Cornisch voor "grootvader".

'Het was niet alleen Celia die kapot van verdriet was, hé?' mompelde Slim terwijl hij een van de brieven van Amos aan Herr Schwimmer naast het briefje legde om de handschriften te vergelijken. Hij zuchtte. De overeenkomst was buitengewoon. 'Je rouwde ook. Je had je enige kleinkind verloren. Je was van plan je aandenken te verstoppen achter een taal die niemand in je omgeving zou begrijpen.'

Charlotte. Charlotte, je tijd is voor eeuwig. Ik zal op je wachten, altijd. Grootvader.

Slim stopte de papieren weg toen de auto het kruispunt met de A39 opreed. Een vrachtwagen met oplegger dreunde voorbij, gevolgd door een gefrustreerde file auto's.

'Bedankt dat ik uw telefoon mocht gebruiken', zei Slim en hij gaf de chauffeur zijn telefoon terug, waarop hij hem weer in de houder liet glijden.'

'Welk busstation wil je, vriend?' zei de chauffeur. 'Wil je Camelford, of moet ik doorrijden naar Bude?'

Slim glimlachte. 'De dichtste is goed', zei hij.

EINDE

OVER DE AUTEUR EN DE VERTALER

Jack Benton is een Brits auteur. Klik hier voor meer informatie: www.amillionmilesfromanywhere.net.

Leen Vermeersch richtte in 2017 Fool Stop vertaling en correctie op (www.foolstop.be). Ondertussen heeft ze naast heel wat kortere vertaalopdrachten ook twaalf boeken vertaald. Haar voorkeur gaat uit naar spannende fictie.

www.ingramcontent.com/pod-product-compliance
Lightning Source LLC
Chambersburg PA
CBHW021147160726
47994CB00001B/111